JN170110

ある臨床心理学者の自己治癒的がん体験記

余命一年の宣告から六年を経過して

山中寛

まえがき

本書は、私のがん体験記である。末期がんが見つかってから丸六年半が経過した。これまで多くの人たちに助けられてきたが、妻の存在なくして本書は陽の目を見ることはなかった。

本書の草稿は二〇一四年初冬にある程度固まっていたが、その年の瀬に突然閉塞性黄疸で緊急入院することになり、危険な状態に陥った。転移性の肝臓がんの影響で胆管が詰まり、胆汁の流れが滞って生じた症状だった。胆管にステントを挿入する手術を受けたにもかかわらず胆汁は流れなかった。状態が安定して妻から聞いた話では、主治医からはその結果から判断して症状が改善することは難しく一週間のうちに意識障害から昏睡状態になるので、意識があるうちに家族や親しい人を集めた方がよいと勧められたが、妻はそうしなかった。父や妹弟、離れて暮らしている子どもたちに会えば、私が死期を察して希望をなくしてしまうことを恐れたという。

幸いなことに医師の臨床経験通りにはならず、年の瀬には退院した。その半年後に妻から聞いたことだが、退院時には余命一カ月と言われたとのこと。しかし、現在もいのちは滞ることなく流れ続け、さまざまな体験を重ねている。思いもよらぬ出来事や不思議な体験を記すにはどこかの時点で一区切りつけないとエンドレスになってしまう。とりあえず二〇一五年四月までの丸六年間の体験を振り返ることにして、四月から執筆を再開した。

私は心理療法を専門にし、精神科、競技スポーツ、教育、産業領域などで三〇年以上カウンセリングを行い、その経験を活かして大学院で臨床心理学の研究教育に従事している。その私にがんが発見されたのは二〇〇九年四月二日、専門職大学院の研究科長の任期を終えた直後であった。大腸がんが既に肝臓に転移しており、大腸がんは手術で取り除くことができたが、その手術で使用された抗生物質へのアレルギー反応と退院後の薬剤性肝炎のため肝臓がんの手術には踏み切れなかった。薬に対する反応性が強いので手術はもちろんのこと、抗がん剤も放射線治療も断った。主治医だけでなくセカンドオピニオンを求めた医師たちからも、手術をして抗生物質の副作用が出るかどうかは試してみないとわからないが、抗がん剤治療を受けないならば余命一年だと告げられた。しかし、今日まで九死に一生を得る体験を何度も繰り返しながら六年以上生き存（ながら）えている。

私を診察した医師たちは異口同音に抗がん剤も放射線治療もせずに肝臓は良い状態で維持されていると言い、進行が遅いがんなのだろうという意見や、個体差（医療の領域では個人差とは言わないらしい）が大きいのだろうという感想を漏らす医師もいた。中には何年も生きていること自体信じられない、末期がんで西洋医学的標準治療（手術・抗がん剤・放射線治療）ができない患者にあなたのような例があることを紹介したいので闘病記を書いたらどうかと勧める医師もいた。しかし、誰一人としてどのような治療法や生活上の工夫をしているのかを尋ねる医師はいなかった。そういうことに興味を示す人の多くは、がん体験者である。家族の誰かががんを患っている人もいる。中には私のことを聞き、切羽詰まってメールで尋ねてくる人も後を絶たない。そういう人の思いに少しでも応えたいという願いから本書は生まれた。もちろん、そうすることに私自身が生かされて、生きている意味を強く感じるようになったからである。がん体験者だけではなく、できればその人たちを支援する医療従事者や臨床心理士にも私が選択した自己治療法やホリスティック医療などの一端を知ってもらい、参考にしてほしい。生老病死は世の常だが、死の恐怖に怯えながらさまざまな治療法に惑い、苦しみ、絶望する多くのがん体験者を広い視野から支えてほしい。

私のがんとの向き合い方や自己治癒法は、妻の献身的な支えに加えて専門にしている臨床心理学観が影響していることは否めないので、最初に私の臨床心理学観を示した上でがん体験について考察してみたい。そういう意味では、臨床心理学者とその妻のがん体験記ということになるかもしれない。この点が他の体験記と質を異にするところであろう。もちろん私は臨床心理学者の代表ということではなく、独断的な面もあることをお断りしておきたい。臨床心理学や臨床心理学的人生観にそれほど興味がない読者は、第二章からお読みいただければ幸いである。

第二章以降については、自分の記憶だけを頼りにすることは避けた。六年の間には実に多くの出来事があり過ぎて思い出せない。何よりも過ぎたことを美化し、自分の感情に押し流されることを戒めたかった。診断時から現在までの一二〇冊の自己観察記録ノートをもとに治療経過を辿り、折々の体験を記述することにした。日課となっている自己観察記録は、死の恐怖に直面して混乱した状態で自分を見失いかけたときに、出来事やそれに伴う感情を書き留めることによって客観的に自分を眺めてこころを落ち着かせるために始めたものである。従って、客観的事実だけではなくその時々の主観が反映されているが、がん体験者としての主観を含めて臨床心理学者の目でより客観的に書き進めることに努めた。一二〇冊のノートを振り返ることは骨の折れる仕事だが、幸いなことに二〇一一年一二月と二〇一二年一二月に開催された日本リハビリテイション心理学会第三七・三八回学術大会で「がん体験における自己治療の基本的視座」「がん体験におけるストレスマネジメント」を発表し、それらを基に二〇一三年八月に開催された平成二五年度日本統合医療学会九州支部大会で行った講演「がん体験のストレスマネジメント——当事者の立場から——」が参考になった。

がんは油断できない病気であるが、不治の病ではない。末期がんであっても何とか生き存えることも可能である。がんはこれまでの価値観やライフスタイルを変えて、新しい自分を見いだすチャンスをもたらす病気だといえるかもしれない。

二〇一四年　七月

山中　寛

目次

ある臨床心理学者の自己治癒的がん体験記

――余命一年の宣告から六年を経過して――

第一章　私の臨床心理学観

私は臨床心理学を専門にしている。そのことが六年間のがん体験に少なからず影響していると思うので、最初に臨床心理学について触れておきたい。もちろん私は臨床心理学界の代表でもなければ、本書は臨床心理学の専門書でもないので、私の臨床心理学観を述べるにとどめる。まず代表的な心理療法のいくつかをピックアップし、それらに共通する心身相関について言及する。なぜならば、がんという病気にとってもこころの営みが影響すると考えるからである。

1　心理療法の目的

臨床心理学は、ひとのこころを理解する学問であり、それを基にひとのこころを癒し、健康な生活を支援する実践科学である。悩みや問題の解決を援助する理論と技法はカウンセリングとか心理療法と呼ばれる。心理療法の理論や技法は、症状や問題行動に対する理解の仕方や治療理論に基づく技法、あるいは治療目標などに対する考え方の違いなどによって精神分析療法、クライエント中心療法、行動療法など多種多様である。世界中に代表的なものだけでも二〇から三〇、数え方によっては五〇から一〇〇以上あるかもしれない。こころを癒す治療理論がそんなにたくさんあると聞くと、怪訝な表情をする人がいる。現代医学では北海道で風邪をひいても東京で風邪をひいても治療法は同じはずだが、同じ病気に対する治療法がいろいろあるのはおかしいという指摘を受けることもある。しかし、東洋医学と西洋医学では治療法が違う。たとえば、西洋医学で風邪をひいて咳がひどくなれば、咳が出なくなるように気管拡張剤を使うことがある。ところが東洋医学では咳は身体から悪いものを出すのだから、気管拡張剤など使わずに身体から出るものはどんどん出すと考えて対応する場合がある。同じ「医学」という名称がついていてもそれが生まれる文化的土壌によって治療法が影響される。つまり、文化によって医学的な治療法も異なる。それを参考にすると、世界にはさまざまな文化があって、ひとのこころの癒し方もいろいろある方が自然なのかもしれない。ただし、心理療法が五〇以上あるにしても、共通点はある。

コーチン（Korchin, S. J., 1976）はさまざまな心理療法について検討し、その共通点として次の三点を指摘している。

すべての心理療法は、人間は変容可能であるという基本的仮説から出発している。誰もが変わっていく可能性を持っている。もちろん、生まれてから死ぬまで変容していく可能性がある。次に、自然発生的な治癒もあるが、心理療法は望ましい行動に対して学習の機会を提供できる。最後に、治療的な変化が生じるためには、知的なやり取りの過程の中に、問題を持って相談に来るクライエントが個人的に意味深く、情緒的にも十分な新しい体験をすること（experiencing）が含まれている。

ただ知的に理解する知識ではなくて、まさに身もこころもハッとなるような確かな実感的体験をするとひとは変わっていく可能性がある。身もこころも熱くなるよう全人的な体験をどのようにしたら援助できるのか？　体験をさせるのでない。どのようにしたらクライエント自身に体験してもらえるように援助できるのか。そのためにさまざまな理論化と実践がなされているところに共通点がある。

西洋医学のように直接的に病気を治すわけではなく、そういう全人的な体験をすると、それが引き金になって自然治癒力が高まって病気が治っていく場合がある。その可能性は誰にもあるはずであるが、実際にはあるひとはカウンセリングを契機に治り、あるひとは治らないということがある。それでは科学的説明が不十分であると考える前に、そういう現象をしっかり検討していくことによって、二一世紀には何か新しいアプローチが提案できるかもしれない。

そのひとつに問題や悩みあるいは病気に対する本人の向き合い方があるのではないか、と私は思っている。治療者がどんなに援助の手を差し伸べようとしても、本人がそれを受け入れて変わろうとする気持ちにならなければ、ひとは変わりにくい。がん治療に対しても、それは当てはまるかもしれない。同じ症状のがん患者に抗がん剤を使用して治ることもあれば、不幸にして死に至ることもある。なぜそういうことが生じるのだろうか。抗がん剤自体の作用機序に加え、患者自身の個人的要因（たとえば信念、体力、サポート資源など）が治癒メカニズムに影響しているのかもしれない。西洋医学では生理的メカニズムの視点から個体差については配慮するが、そのひとの性格、価値観、信念、生活の仕方、ストレス状況での対処の仕方など、個人差については言及しない。目に見えないものは捉えられないからである。心理治療では前述したように「個人差」を踏まえた体験こそが重要になる。がんと診断されて生きる気力を失くしたまま医師に依存するのか、主体的にがん治療に向き合うかが治癒に影響すると考える方が自然であろう。病気を思い煩うことによって症状が悪化することを「心的加重」というが、それはがんに限らず、その他の病気にも当てはまることである。病気に対する向き合い方、気持ちの持ち方が重要になる。本書では、気持ちの持ち方や体験の仕方を〝心的構え〟と呼び、第四章で心的構えによるがんの治癒効果について述べてみたい。

2　ひとの存在次元と心理療法

図1-1はひとの存在次元に応じた心理療法の広がりを示している。ひとは生理的機能を持ち、眠っている間も心臓が規則正しく動いて呼吸をしている。その生理的機能に支えられてさまざまな心理的活動をしながら喜怒哀楽を感じる。同時に集団に所属して役割を担い、他者と相互に影響し合っている。さらには、過去・現在・未来という時間的展望の中で先祖や子孫あるいは大地や宇宙との繋がりを感じて生きている。つまり、ひとは bio-psycho-social-spiritual な存在として生きている。スピリチュアルに関してはその捉えかたによっては存在を認めるかどうか意見が分かれるところであり、ＷＨＯが一九五四年に身体的、心理的、社会的に良い状態を健康と定義し、さらには一九九〇年代に入ってからスピリチュアルを健康の定義に含めてはどうかということが議論され、議長預かりになったままである。こうした経緯を踏まえても生体の生理機能だけをもっていのちを捉えるには無理がある。楽しいことがあればこころもからだも躍動し、悲しいときには頭を垂れる。そういうときに誰かから慰められ、勇気づけられて元気が湧いてくる。すると身体症状が消えることもある。私自身はがんになって六年が経過する中で、bio-psycho-social-spiritual が統一されたホリスティックな存在としていのちがある

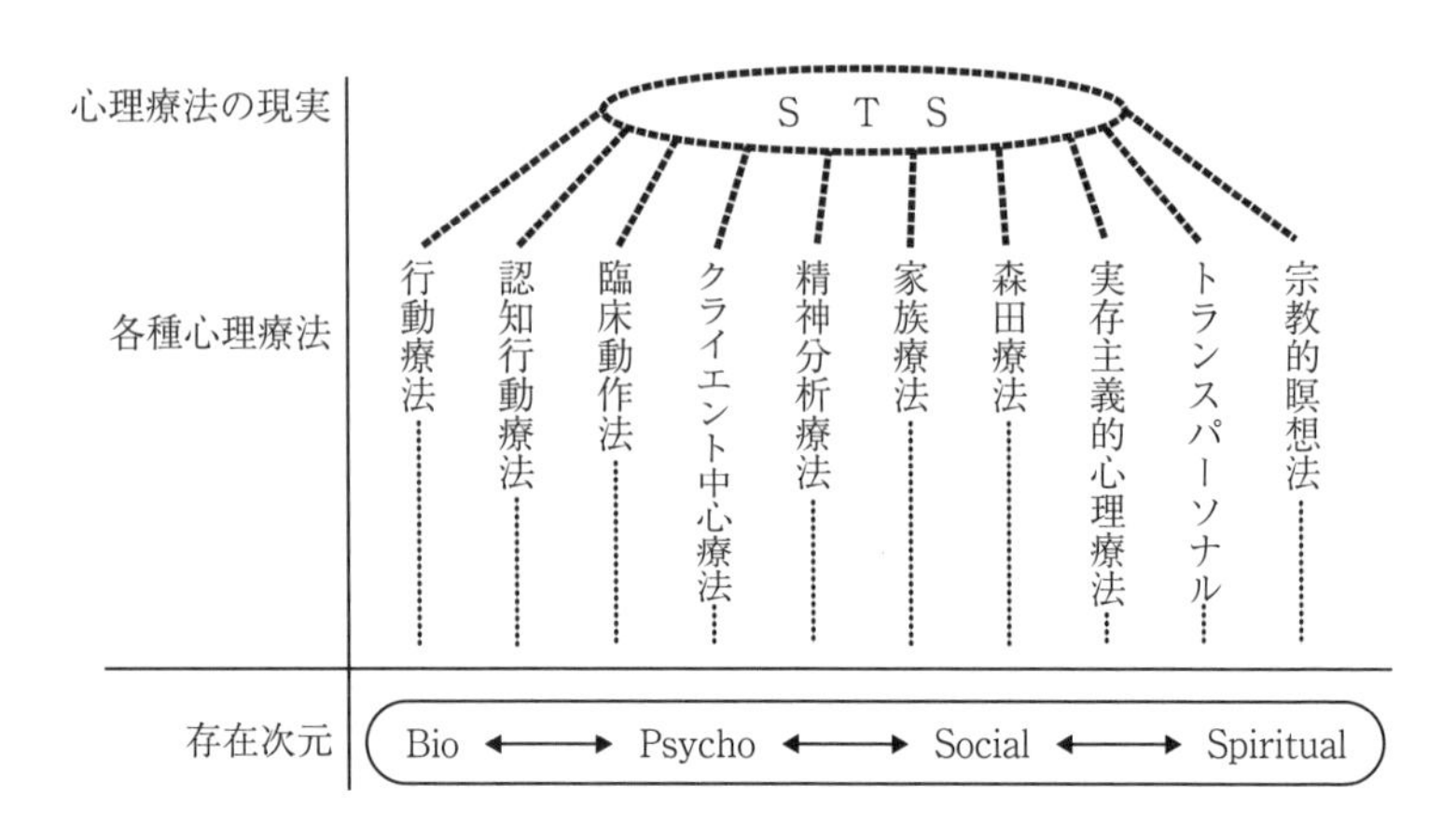

図1-1　ひとの存在次元に応じた心理療法の拡がり

と確信するようになってきた。その中でバイオbioに焦点を当ててひとの身体の異常や症状のメカニズムを明らかにし、それらを治すのが医学である。それに対して心理療法はこころに照準を合わせ、ひとの問題や悩みの解決を図ろうとするが、ひとは多様な存在次元から成るいのちを生きているので、こころに焦点を当てながらもいのちのどの様相を重視するかによって治療目標や具体的な技法が異なる。

図1-1の中に示している心理療法は代表的なものだけをピックアップしている。フロイト（Freud, S.）によって体系だった治療理論と技法として確立され、多くの心理療法に影響を与えているものが図中の左から五番目の精神分析療法である。意識の下に無意識があり、ひとは辛かった過去の体験やトラウマを抑圧して、無意識に押さえ込んで

しまう。そうすると、そこに心的なエネルギーが溜まり、そのエネルギーがどこかへ出ようとする。そのエネルギーが意識に上がってこようとすると、当人は落ち着かなくなって不安になるとか、気も狂わんばかりになる。そのエネギーが身体に影響して、器質的には異常がないのに目が見えなくなったり、歩けなくなったりする。中には胃潰瘍や十二指腸潰瘍になるひともいる。こころが身体の病気に影響するのである。トラウマや耐え難い感情を無意識に抑圧すると、こころや身体に悪影響が出てきてしまうメカニズムがひとのこころと身体に備わっている。そういう理解の仕方と援助技法の総称が精神分析療法である。

この精神分析療法に対して批判的な立場から提唱された治療理論がクライエント中心療法である。これを創案したロジャーズ（Rogers, C.）はアメリカ心理学会（ＡＰＡ）会長引退講演（一九四七）の中で、心理療法の成功事例で観察される重要な現象として、自己についての気づき（perception of self）と現実の知覚が変化すると行動も変容することを指摘している。この現象の説明として、セラピストの受容的態度と共感的理解があればひとは自己に対する気づきと現実の知覚を再体制化する潜在的能力を持っており、この知覚の再体制化に伴って行動の変容が生じると述べている。クライエントが来談当初悩んでいた結婚問題とか職業問題とか教育上の適応問題そのものが解決されるどうかではなく、セラピストの受容的態度と共感的理解によってクライエントが不適切な緊張感から解放され、自己や現実の知覚が変わり、心理的適応感が経験されるのである。

図中の一番左に書いているのが行動療法。これは問題や症状の原因を、大脳を中心とした学習理論によって自律神経系や内分泌系異常に還元して捉えようとする。こころの中である出来事や対象に対して嫌だ嫌だと否定的に思っていると、大脳が興奮し、その興奮が間脳や大脳辺縁系に波及する。結果的に自律神経系や内分泌系の機能異常をもたらし、さらにはそれらと関係する身体部位に興奮が伝わっていくことが習慣化して症状が現れてくると理解するのである。この習慣化のことを誤った学習あるいは条件付けと呼び、精神分析療法の中で中核をなす無意識については考えない。さらに、出来事や対象に対する受け止め方や気持ちの持ち方などクライエントの認知に焦点を当てた認知療法と行動療法が統合され、現在は認知行動療法がさまざまエビデンスを明らかにしつつ発展してきている。

以上の三大心理療法はもちろんのこと、他の心理療法はヨーロッパやアメリカ経由で日本に入ってきたものであり、日本で出来た心理療法は三つしかない。内観療法、森田療法、臨床動作法である。臨床動作法は、ひとの心理的不調は姿勢や動作に現れるので、からだの動かし方や動かす努力の仕方を工夫することによってひとの生き様が変わるという治療法である。私はクライエントや競技選手に、クライエント中心療法をベースにして必要に応じて臨床動作法やイメージ療法を組み合わせて適用することが多い。もちろんいずれかの心理療法を一貫してクライエントに適用することもあるが、その経験を生かして自分自身にも活用している。その詳細は第三章で触れるとして、ここで記しておきたいのは、生涯ひとつの心理治療理論だけを深めて守り続ける研究者やセラピストもいるが、臨床実践の必要性と自らの成長に伴って、それまで重視していた心理治療理論をベースにして新たに心理治療理論を学び、活用するセラピストもいるということである。私自身はがん体験を積み重ねるうちに、実存主義的心理療法やスピリチュアリティを重視するトランスパーソナル心理学にも興味が湧いてきた。

現代のアメリカ臨床心理学会を代表する、ビュートラー（Beutler, L.E.）やノークロス（Norcross, J. C.）も同様のことを述べている。ここでは図中のＳＴＳ（Systematic Treatment Selection）について説明しておきたい。これはビュートラーら（二〇〇〇）によって提案されたアプローチの総称であり、一つの治療理論を意味しているのではない。望ましい体験を援助するためにはクライエントの状態に応じて最適な心理療法を見立て、系統的に選択して適用しようという考え方を示している。クライエントによって症状が異なれば選択される治療法も異なるが、同一のクライエントであっても初期にはクライエント中心療法に基づいて対応していたものが、クライエントの特徴に応じて途中から認知行動療法が適用されるということがあり得る。ビュートラーは技法重視型心理療法（treatment-centered viewpoint）と治療者患者関係重視型心理療法（relation-centered viewpoint）の利点と欠点を整理した上で実証研究を行い、ＳＴＳを提案している。技法重視型心理療法は、技法がプログラム化され、治療者患者関係を問題にしない。その代表的なものが認知行動療法である。関係重視型は治療者患者関係を重視し、代表的なものが精神分析的療法やクライエント中心療法である。わが国の臨床心理学界では、どちらかというと後者に軸足をおいている研究者やセラピストが多いが、ビュートラーは二つのアプローチの共通性と独自性を実証的に抽出する研究方法を提案し、患者の要因や状態に応じて二つのアプローチを系統的かつ相補的に適用する必要があることを明らかにしている。

さらに、ノークロスら（二〇一四）は二一世紀の心理療法の方向性として治療理論間の技術的折衷主義や理論的統合などの必要性を指摘している。私自身は以前提案した（山中、二〇一三）ように、緊張感を手がかりにすると臨床動作法とクライエント中心療法（特にロジャーズが一九四七年に指摘したクライエント中心療法）や認知行動療法とは理論的統合が可能ではないかと考えている。また、森田療法で指摘されている〈あるがまま〉については臨床動作法との技法的折衷の可能性を臨床経験から実感している。二〇世紀が各種心理療法の台頭とその優越性が主張される時代だったとすれば、二一世紀はその反対の統合の方向に振り子が揺り戻している時代だと言えるかもしれない。しかも、先述したようひとが多様な存在次元からなるいのちを生きているという視点に立てば、それは自然な流れだと考えられる。

3　心身相関の捉え方

前述したコーチンの各種心理療法論に共通する三つの条件に加え、いずれの理論も心身相関という前提に立っていることを指摘しておきたい。こころとからだは別々に分けられるものではなく、ひとは心身一元現象に支えられていのちを生きている。実存主義的心理療法で著名なフランクル（Frankl, V. E.）は、ユダヤ人ということでアウシュビッツの捕虜収容所で迫害を受けた。医師であり臨床心理学者でもあったフランクルは、常に死の危機に晒された極限状態の中で自らの体験に加え多くの同朋をつぶさに観察し続け、アウシュビッツから開放されてから『夜と霧』という名著を残した。彼が著書や講演の中で語っている人間観を私が簡略化して図示したものが図1-2である。ご本人にこのような理解で良いかどうかを確認したわけではないので、あくまでも私から見たフランクルの人間観だとご理解いただきたい。

ひとを円柱に例えると、円柱は真横から見ると四角に見え、上から見ると丸に見える。視点を変えると、円柱は丸にも四角にも見えるが、本来丸と四角は円柱の見え方であって分けられる物ではない。円柱の場合は納得しやすいが、科学がひとを対象にすると、分析的にアプローチするためにこころとからだを分けてしまうということが生じる。その典型が心身二元論であ

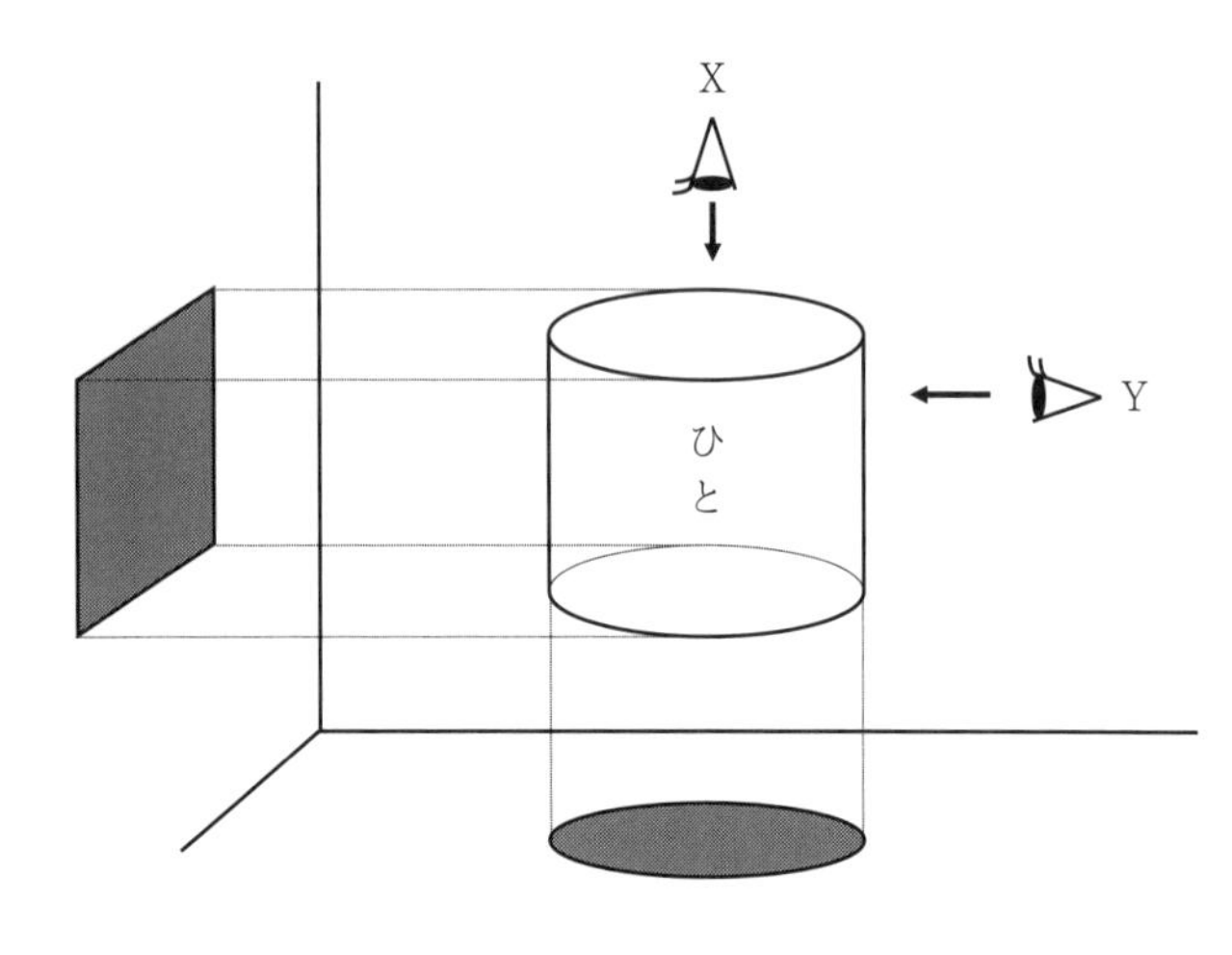

図1-2　こころとからだの関係とその視点（山中、1999）

り、ひとを見てこころとからだのいずれか一方に目を奪われてしまいがちになる。臨床心理学者は円柱を上から見て、丸だ！　丸だ！と言っている節が見受けられる。つまり、臨床心理学者はひとのからだを無視して、こころが重要だと言っているようなところがある。若い研究者の場合は、特にその傾向が目立つ。円柱の例えのように、こころもからだもひとの様相であって、焦点の当て方によってこころがクローズアップされることもあれば、からだが強調されることもある。しかし、別々のものではない。当たり前といえば当たり前のことだが、西洋医学の場合は生理的身体機能の異常や病理を見つけて正常にするために、身体機能を細分化して観ていくことが使命である。今や遺伝子レベルまで明らかにされつつある。しかし、からだもこころも分けられるはずがない。からだとこころの調和が取れた時にひとは柔軟に機能する。明日ガス室に連れて行かれて入れられるということがわかってしまうと，それで発狂するひともいる。ところが，そういう所に入れられてガスを吸っているにもかかわらず，生き延びるひともいる。そのような話が，『夜と霧』やフランクルの講演の中に出てくる。フランクルはそういう現実に直面しながらも医師として，臨床心理学者として悲惨な状況で生きる人間を観察し続けた。その結果，フランクルが見つけ出した事実は，助かったひとは生きる意味を持っていたということだった。たとえば，絶対にここを出て，こういうひどい目にあったことを後世に伝える，これが自分の生きる意味だと思っているひと，あるいは「ここを出てあそこに行ってあれをする」と強く願っているひとなどである。これと似たようなことは現在でもしばしばマスコミで報道されている。たとえば，漁師が海で遭難して何日も経ってから発見される。生還した本人へのインタビュー内容を見聞すると，何も食べずに雨水を飲んでしのいで助かったひとが何故生き延びたかと言うと，強烈な強い思い，帰ったらこれをするんだ！という意思を持っている。私たちはそのようなニュースを聴くと，確かにそういうことが起こり得るだろうなというように納得するが，それは他人事，いざとなれば自分にもそういうことが起こるとは思わない。見聞きした知識が生きるための知恵にならない。

このことは人間の治癒力を検討するときに大きなヒントになる。どうしたらそういうことが自分にも生じるのか、どうしたら思いによって病気が治るかについては西洋医学では問題にされない。経験豊富な臨床医はそういう患者に遭遇することもあるらしいが、それを患者の前で口にすることはない。それを表明すること自体が自己矛盾に陥る可能性を秘めているからである。そもそも医学教育の中では、そういうことが語られることは少ない。心身相関を前提にしていたとしても、物質還元的な自然科学的手法ではこころは捉えられないので、在るけれども一定の物としてブラックボックスに入れ、身体を細分化して検証していかざるを得ないということになるのであろう。

心身相関を前提にしている臨床心理学領域においてでさえ、気持ち次第で難病や不治の病が治癒するかもしれないと考えることは少ない。臨床心理学者ががんになっても、こころの持ち方でがんが治癒すると思うひとは少なかろう。日頃は心身相関を教えながら、がんと診断されるとショックを受けて、治療は医師任せにしてしまいがちになるのではないだろうか。臨床心理学は心身相関を前提にしているので、知識としては心身相関を知っているが、心身相関を生きる知恵を持ち合わせていない。私もその一人だった。臨床心理学を大学院で教えているので、がん発見前にはこころとがんの関係に関する知識はあったが、こころの働きによってがんを改善する、それを自分に生じさせる知恵がなかった。知識と知恵は違う。知的に臨床心理学的知識があるだけではなく、体験を通じて知識が実感され、それによって生きる手だてが工夫されるようになってこそ知識が知恵になるのである。大切なのはこうするとこうなるのだという実感に基づいた生きる術であり、いのちに関しては臨床心理学的知識の有無にかかわらず、さまざまな信念に支えられた生活の営みができることが重要である。食事や運動を通じて得たからだの実感と健康感を拠り所にするひともいれば、祈りによっていのちに関する信念を持つひともいる。もちろん、生きる意味を実感していればなお良い。生きる意味が明確な時にこころとからだは調和してバランスを保ち、こころが落ち着き、病気が治る可能性も高くなる。病気は、不調和や無理があることの黄色信号かもしれない。日頃からそういうことに関する知識はあったので、そのことが私自身にも非常に役に立った。心理療法に限らず、こころとからだの調和を大切にするとひとは、仮に病気になっても変わる可能性がある。心理療法の中では、まずクライエント自身が現実の自分を眺め、感じたものを表現し、それをセラピストと共有しながらこころとからだの不調和に気づき、新たな自分の生き方を見出していく。クライエントが生きる意味を無くしていれば、生きる意味を一緒に見出すように援助する。クライエントに与えるのではなく、クライエント自らが気づき、進むべき道を自分で見出し、自分で決めることが大切。特別に心理療法を受けなくても、ひとによっては日常生活の中で生きる意味を実感していく。それはフランクルが指摘しているように、人生に生きる意味を求めるものではなく、自分が人生から何を期待されているかを気づくようになるといってもよいかもしれない。

八〇歳でエベレスト登頂に成功して一躍有名になった三浦雄一郎さんと歓談したことがある。彼自身も、生きる意味の重要性を強く感じていることがわかった。七五歳の時に五年後の目標を立て、八〇歳になったらエベレスト登頂、頂上まで歩こうと目標を立てたということだった。その五年間はずっと努力しているのではなくて、「二年間は遊んでだらだら過ごす。すると、ぶくぶく太る。あとの三年間は、一生懸命トレーニングをする。五年間、ずっとトレーニングし続けることはできない」からと和やかにお話しされる様子からは想像もできないが、年齢からは計り知れない意志の強さと、それを可能にした並々ならぬ決意があったのではないかと感じ入った。しかも、だらだら生活から切り替えてトレーニングを始めようとした矢先に骨盤の骨折をしたり、狭心症になったりしてドクターストップがかかり、エベレスト登頂なんてとんでもないと反対されたそうだ。医師は無理だといったが、彼はどうしても登ると決めている。すると、医師の診断では付くはずのない骨折した箇所がちゃんとくっ付いたと三浦氏はニコニコ笑いながら話してくれた。そういう目標を持って、それを成し遂げようとところが決まると、身体機能が変化していくらしい。少々余談になるが、三浦さんと話して面白かったのは、五感を超えたスピリチュアルな存在を三浦さんが実感していたということである。ある時、エベレストをスキーで滑走していて、スキー板が外れ、空中に投げ出されて大きなクレバスに落ちそうになったことがあったという。クレバスに落ちれば死ぬ状況のなかで、空中を回転しながら、〈ああ、俺は死ぬかもしれないなあ、でもこれでもし生きていたら、もう一度三浦雄一郎をやれると思った〉という。そして、ふと気がついたら、生きていたという。凄まじい体験をされていますね、恐くなかったですかとお聴きしたら、「いや、恐いわけじゃなくて、面白かった」と涼しい顔をして仰る。それはやっぱり、何かに生かされている感じですかとお尋ねしたら、「いや生かされているというようなことではなく、何か偉大なものが上から自分を見ている気がした」という。彼は神様とは言わなかったが、偉大なものが見ている中で自分が生きていたら、もう一度三浦雄一郎がやれると思って、それが楽しみで目を開けたら生きていたという。お話を伺いながら三浦さんの大らかな人柄と強い意志、それに目に見えない偉大な力の存在に触れたようで楽しい気分になったことが懐かしい。偉大な力〈サムシンググレート〉に関することは第二章と第四章で触れることにして、もう少しこころとからだの関係の捉え方について説明しよう。

フランクルとは異なる心身相関の捉え方をする心理療法もある。図1-3をご覧いただきたい。これは認知行動療法の説明の中でよく用いられる図である。人間には四つの機能があり、それらが相互に影響している。心理的活動では環境からの刺激をいかに認知するかが重要になり、その認知や情動などこころの働きの基盤には大脳を中心とした生理的機能が備わっていて、それらが相互に影響すると考えるのである。認知行動療法ではとりわけ認知が重要であるとい

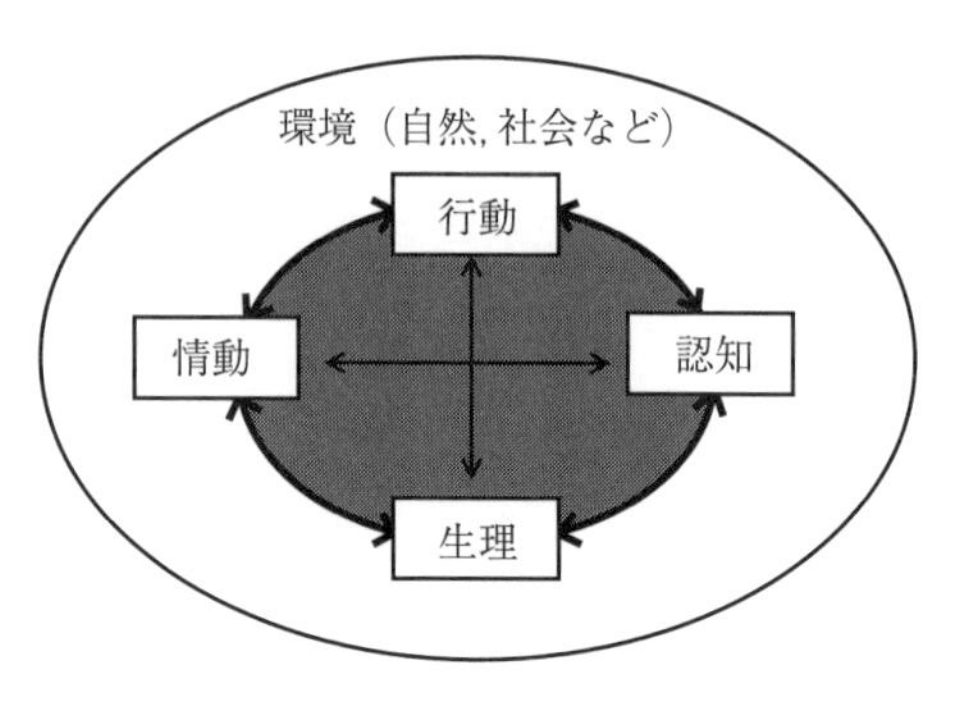

図1-3　パデスキーとムーニーによる人間の4機能の相互関係（内山、2003より）

う視点から治療が行われ、それが世界的に普及している。イギリスでは保険診療の対象となる治療法として認知行動療法が確立されており、わが国でもうつ病を呈するクライエントの心理療法として適用されている。

私たちの経験に照らして四つの機能についてもう少し詳しく説明しよう。たとえば生理活動。ひとは何かに熱中しているときに、息をしようと思わなくても自動的に息を吐き、吸っている。本を読んでいる最中にも心臓は規則正しく動いている。このようにからだには意識と無関係に働く生理的機能が備わっている。それから、嬉しいとか悲しいとか、喜怒哀楽がある。さらに、認知と書いているように物事の認識の仕方、気持ちの持ち方も大切であり、それらに基づいて行動する。たとえば、嫌だ嫌だと感情的になっていると、ときには頭や胃が痛くなる。感情が生理に影響するのである。あなたも経験したことがあるかもしれないが、頭が痛くなったら病院に行って薬をもらう。薬を飲むのは、頭痛を引き起こしている生理的機能を変えようとすることに他ならない。認知行動療法では薬も服用するが、気持ちの持ち方を変えることによって頭痛が生じないように、生じても悪化せずに軽減するように働きかける。たとえば認知を変えると、「今は嫌だけどそれを乗り越えるともっとタフになるかもしれない」「これがひとつのチャンスになる」など、そういう捉え方ができて、「嫌だ、嫌だ」から「嫌だけど自分が変わるチャンスだ、思い切ってトライしてみよう」と思えれば、つまり心構えが変わればスーッと頭の痛みが消失するということが実際に起こる。うつ症状を示すひとにとって、治療法として今一番良いと考えられているは、服薬と心理療法と適度な運動を組み合わせたアプローチをすることで、これが抑うつのリバウンドが一番少ないと言われている（村上、二〇一一）。うつ病の原因にもよるが、薬だけを出してうつ病の治療をしている病院へ行くのは抵抗感がある。もし家族がうつ病になったら、心理療法と薬と運動を取り入れている病院へ行くことを勧めたい。運動の中では散歩が最も身近に取り組めるが、横断歩道で前を歩いているひとを抜き去るようなせっかちな歩き方は良くない。会話ができるぐらいのペースでゆっくり散歩するのが良い。そうすると、散歩も生理機能に効果的に作用する。歩いている間に身体が温かくなる、心拍が上がってくる、その後心拍が落ちてくる。そして気分が楽になる。このようにそれぞれが影響しあって健康を維持できるメカニズムが人間には備わっているので、それを知った上で活用したい。同時に四つの機能は社会や自然といった外的環境からも影響を受けている。たとえば気圧が生理に影響するので、晴れの日は交感神経が活性化して活気が高まりやすく、雨の日は副交感神経優位になるので活動性が低下しやすい。ストレスがたまったときに海や山に行き、リフレッシュするという体験を誰しもがする。非日常の中できれいな景色に触れ、新鮮な空気を吸って五感が開かれ、心身ともに回復する。ひとによっては、大地や自然あるいは宇宙と繋がっているという思いが心身の安定化をもたらすこともある。

4　心身一元現象を生きる

臨床心理学者は心身相関を前提にしているが、依って立つ心理療法論によって心身相関の捉え方が異なることは前述した通りである。一方、クライエントからすると心身相関に気づき、それを実感して日々の生活で活用することが重要になる。こころが原因で病気になることを説明するための理論的拠り所として心身相関に言及するだけではなく、ひとがより豊かに生きるために心身相関の知識を活用したい。つまり、心因による身体症状化のメカニズムの説明としてだけではなく、心身一元現象を主体的に生きるための知恵として重視したい。

がん治療で有名なサイモントン療法（一九七八）も、そのような観点に立っていると言えるかもしれない。この治療法は西洋医学的治療を促進するために考案されたいくつかのプログラムから成っている。まず、がん体験者自らが心身相関に関する書を読み、からだに及ぼすこころの影響について知的理解を得る。次いで、リラクセーションとイメージを体験する。具体的には、テープに吹き込まれたリラクセーションとイメージの教示を聴くか、教示を誰かに読み上げてもらい、その内容を実際に思い浮かべるのである。リラクセーションはジェイコブソン（Jacobson）によって開発された漸進性弛緩法を応用し、イメージではがん細胞が小さくなってゆく様子を思い描くのである。さらに、エクササイズや目標設定を行うが、要約すると意思とイメージの力で免疫機能を高め、がんを治そうとする治療法であると言えよう。しかし、こころがからだに影響することを信じることができず恐る恐るイメージしたのでは、意識下に不安や恐怖心を滑り込ませてしまうことになりかねない。そこで、イメージを浮かべる前段階にバイオフィードバックと呼ばれる特殊な訓練を行うこともある。患者は生体反応測定装置によって自分の皮膚温、心拍、血圧、脳波などの微細な変化を瞬時に知ることができる。その装置を手がかりに、皮膚温や心拍などを変化させるように心的構えやからだに対するこころの働きかけを工夫するのである。たとえば、皮膚温を上げるために手をお湯に浸している状態を想像して、からだの状態がそうなるように試行錯誤する。結果的にそれが確実にできるようになると、こころでからだの状態を変化させられるという信念や自信がつくことを狙うのである。しかし、自律神経調節機能に支配されている皮膚温や心拍などをバイオフィードバック装置によってコントロールすることを目指すよりも、こころとからだを一致する現象である動作を活用することを勧めたい。何故ならば、動作は意図したように努力してからだを動かす心理的活動であり、心身一元現象を主体的かつ実感的に体験できるからである。そもそも漸進性弛緩法自体、からだの持ち主である当人が目指す身体部位に実際に力を入れて抜くように繰り返し努力し、全身に緊張感と弛緩感を拡げていく過程を通してリラックス状態を体験できるように工夫されている。

　私自身は起床時に漸進性弛緩法を行い、弛緩感が強くなったところで自己暗示をしてイメージを浮かべる。ここまでは仰臥位（ぎょうがい）で実施し、その後起き上がって臨床動作法に取り組んでいる。漸進性弛緩法や自己暗示などの具体的説明は第二章以降で行うとして、ここでは心身一元現象を生き生きと体験することに対する理解を深めるために動作法について説明しよう。

　動作法は、クライエントがより自由・能動・自然にからだを動かすように努力をする心理的過程で、クライエントが望ましい体験をできるように援助する心理療法である。これを一人で行うためには、一人でも実施可能な動作課題を設定することが肝要である。私の場合は坐位の開脚前屈や片膝立ちを行うことが多い。

写真　動作法（2012/11/26）

写真をご覧いただきたい。私が開脚前屈に取り組んでいる様子である。二〇〇九年五月に大腸がん手術を受けた直後から開始した。内視鏡手術であったので開腹手術より傷は小さくて済んだのだが、歩行時に術後の腹部の傷を守るような猫背姿勢をとって歩幅も狭くなっていることから股関節や腰回りが硬くなっていることに気づき、股関節を緩めることを目的に始めた。いざ坐って開脚姿勢をとってみると、両脚が開かない、膝も伸びない、骨盤は後傾して背は丸くなるという状態で思うようにからだを緩められない。突っ立ったままで身動きがとれない上体に直面して、自分のからだではないような感覚に陥り、驚いた。気を取り直して、開脚前屈姿勢で股関節、腰回りの緊張を緩めるようとしても緩まないので、両手で床を押すようにしてから腕の力を抜くのに合わせて腰回りの力を抜こうと試みると、わずかに緩んだ。手術前は両脚の角度を一二〇度位に開き、膝、腰、背を真っすぐに伸ばし、腰、股関節、膝周りの力を緩めて床に頭がついていたので、その急激な変化はショックだったが、少しでも緩むと次の日の朝もトライしてみようという気持ちが湧いてくる。

がんが発見された当初は、「がん＝死」という先入観に囚われ死の恐怖に怯えていたためか、自分のからだに戸惑いながらもからだを緩めないといけないとがんは治らないという思いから、がんを治すという目的のために床に額が着くようにどこか必死に頑張っていた。今振り返ると、ゆったりとした気持ちでからだに向き合い、あるがままの自分を感じるというよりも、これをしないと死んでしまうのだというような追いつめられた気持ちで、どこか強迫的に構えていた。意識的に頑張ってしまうからどうしてもからだの力が抜けきれなかった。それが余命告知の一年を過ぎ、二年、三年と経つうちに、がんで死ぬのではないと思うようになると、開脚前屈に対する取り組み方もいつの間にか変化してきた。股関節や腰の緊張を緩めながら股関節が硬いなあ、膝が痛いなあ、額が床に着かないなあ、もう止めようかなどと思いながら、その気持ちを眺めつつ、からだに任せて変化を味わうという心的構えで前屈に取り組むようになってきた。そうすると、いつの間にか額が床に着くまでになり、さらに四年、五年と経過すると額を床に着けたままからだの状態に応じたこころを感じ続けることができるようになった。今では生老病死は誰にも生じること、死も特別なことではないと生死に対する心的構えが変容し、新たな気づきを生まれてきた。そういう日々の中で，無理をしないで丁寧に生活して，少しずつからだの実感に基づく知恵と直感力がついてきているのでないかと感じるようなった。

　がんによって変わっていく自分のからだに対する不安や死の恐怖を何とか凌ぎ，自分に向き合い，あるがままの自分を眺め，感じ，受け入れて，からだを基盤とした生き方に変えることができたのは，こころをからだの隅々まで行き渡らせる動作を通して自己に向き合う適切な構えを取ることができ，新たな体験が可能になったからだと思っている。開脚前屈の体勢でからだを緩めようとしていると，股関節や内転筋から膝にかけて硬く突っ張るような痛みがあり，もう止めようと思いつつ止めもせず，頑張りもせず，逃げもせず，からだにまかせて感じ続けてみようとしている中で，独特な緊張感と心的構えを実感した。次の瞬間にどうするか迷ったが，それに執着せずからだに任せ続けていると，勝手にからだが緩み，心的構えの変容を実感することがあった。それはまさに上着を脱いだ感覚のような体験であった。その後，前屈からからだを起こして上体を立てたまま坐っていると，しみじみとした落ち着きの中で自分が生まれ変わったような気分とでも言えるような清々しさを感じた。毎日そういう体験ができるわけではないが，一日のスタートで落ち着きや清々しさを感じる日は，からだの隅々までこころがゆきわたり，多幸感に包まれて快適である。そういう実感こそが，心身一元現象を生きている体験である。

それで事足りればめでたしめでたしだが、病状が重くなるといつも開脚前屈ができるとは限らない。高熱や痛みが出て坐れないときもある。呼吸器を顔に装着された状態や、点滴中だと仰臥位で漸進性弛緩法を実施することさえままならない。しかし、案じることはない。動作ができなくなっても、いざというときにはイメージが発動される。それについては、第三章で具体例を示して述べることにし、ここでは心身一元現象を生きることの説明に留めたい。

第二章　私のがん体験
――ホリスティック医療を中心に――

インターネットでがん体験記を検索すると約一四〇万件もヒットし、書籍に絞り込むと少し減って八八万件になった。がんになった医師によるもの、著名人が記したもの、がんが自然退縮したひとのものもある。そういう現状で私が体験記を残す意味は、ライフスタイルとその中核を成すこころの活動ががんに及ぼす影響について振り返り、余命一年を宣告されながらも臨床心理学者としていかに告知のショック、死の恐怖、手術の不安と向き合ってきたかを再現することであろう。さらに、標準治療を断念せざるを得ない状況で、いのちを存えるためにどのように試行錯誤を繰り返してきたかについて自己治癒の観点から経過を辿ってみたい。それは標準治療を受けられなくなったがん体験者や医療従事者に役立つかもしれない。そう考えて、がん発見前の生活、告知から手術まで、標準治療を離れてホリスティック医療を選択したこころの変容を中心に六年間の経過を振り返り、臨床心理学者としての私の気づきをまとめた。

1　がん発見前の生活

がんになる原因はいろいろあるが、がんはストレスからも生じると言われている。ストレスが免疫機能を低下させ、遺伝子を傷つけることが原因らしい。傷ついた遺伝子を持つ細胞は免疫システムの監視を逃れてがん細胞として成長、増殖する。私自身は細胞レベルでの事の始まりについてはわからないが、ストレスに関しては思い当たることが多々ある。がんが発見される前の一〇年間（四四歳から五四歳まで）は人生の中で最も忙しく、ストレスに満ちた生活を送っていた。がん発見前にエネルギーを費やしたライフイベントの概要を書き出すと表2‐1のようになる。

一九九七年から二〇〇〇年までは大学教員と日本オリンピック委員会スポーツカウンセラーなどの兼務で忙しいながらもやり甲斐のある仕事をしていた。全日本野球チームの強化合宿に、ほぼ毎月一回一週間程度帯同していた。夢の実現に向けて懸命に努力している選手に、緊張感のコントロール法やイメージ活用法などを指導するのは楽しかった。

二年間の合宿の成果が問われるアジア予選が一九九九年八月から九月にかけて韓国ソウルで開催された。若くて情熱的なプロ・アマ合同チームの頑張りでアジア予選を勝ち抜き、二〇〇〇年

表 2-1　がん発見前のライフイベント

1996年8月26日～9月7日	アジア地区予選直前全日本強化合宿
1996年9月11日～9月18日	アジア地区予選（2位：オリンピック出場決定）
2000年9月10日～9月28日	シドニー・オリンピック帯同
2002年4月1日～	大学院臨床心理学専攻（独立専攻）起ち上げのために職場の配置替え 日本ストレスマネジメント学会起ち上げ心理リハビリテイション一週間キャンプ開始
2004年4月1日～	大学院臨床心理学研究科（専門職大学院）設置準備開始
2005年6月20日	専門職大学院設置書印刷所持込直後にストップ 専門職大学院設置のための採用人事開始
2006年4月1日	専門職大学院設置のための教員採用 再度、専門職大学院設置申請
2007年4月1日	専門職大学院起ち上げ 専門職大学院研究科長就任
2009年3月31日	専門職大学院研究科長任期終了
2009年4月2日	大腸がん発見

のシドニーオリンピック出場権を獲得できた。その後はハイペースで長期間の強化合宿が組まれ、マスコミが加熱する中でスポーツカウンセラーの仕事と本務の大学教員としての仕事の両立が大変になってきた。マスコミの取材に答える機会も増え、それまで以上に自分の言動に気を使うようになった。合宿に帯同すると、極限の中でも歯をくいしばって頑張る選手たちの直向きさと脆さに常に向き合わざるを得なかった。詳細は山中（二〇一三）を参考にしていただきたい。一九九七年からそういう生活を三年近く送っていると、張りつめた合宿生活が自分の性に合っているような錯覚に陥ることもあった。元来、私の中にあった強迫

傾向と競争に魅かれ易い性格によってタイプA型行動パターンが徐々に炙り出されていったのかもしれない。食事も二〇～三〇歳代選手のペースに合わせて食べ過ぎていた。

タイプA型行動パターンとは、高い目標設定をし、その実現に向けて強迫的に取り組む性格傾向のことで、常にセカセカしていて他者に対して過剰に気を使いもするが、攻撃感情を向けやすい特徴がある。横断歩道で信号が赤から青に替わる直前に速足で歩き出すようなタイプである。抜かれたら抜き返さないと気が済まない。実際、私自身高い目標実現に向けて常にセカセカと気忙しくしていた。大学に戻ると、ゆっくりしたリズムが堪らなく退屈に感じられた。しかし、学生指導や講義の補充だけではなく、忙しくなると会議などを欠席することが重なってきたので同僚から協力を得られるようにいつも気遣いを怠らないようにしていた。それが合宿に戻ると、起床から就寝まで野球漬けの選手たちと行動をともにし、常にパフォーマンスを上げるために緊張感に満ちていた。オリンピック代表選手に選ばれ、勝つためにプライドをかけて戦う選手をバックアップする仕事は天職のように感じられた。私自身にも野心があった。当時、オリンピックチームに帯同していた臨床心理士は他にいなかったので、競技スポーツ界にも臨床心理学界にも臨床心理学は選手のこころのケアだけではなく、実力発揮（ピークパフォーマンス）にも役立つということを示したかった。それを一生の仕事にしても良いという遣り甲斐を感じていた。しかし、今にして思えば自分自身の野心を選手に投影していたのかもしれない。

その頃から身体にさまざまなストレスサインが出ていた。身長一七〇センチで体重は七八キロを超え、妙に喉の奥が詰まり渇くような感覚があったので二〇〇〇年六月に健康診断を受けた。血液検査の結果を見ると糖尿病になりかけていた。それからは毎朝、食事前に自分で血糖値を測り、食事制限と運動に心がけ、オリンピック遠征前までに七〇キロに減量した。血糖値も正常範囲に落ち着いて無事に帯同でき、スポーツカウンセラーとしての役割を果たせた。振り返ると懐かしさとともに達成感と充実感が蘇るが、当時糖尿病になりかけたということは、私自身が野球連盟やコーチ・選手にスポーツカウンセラーとして受け入れられるために精神的に無理をしていたのだろう。

心身ともにストレスを感じ、思い出そうとするだけでも吐き気を催すほどの辛い状況に陥ったのは、その後の職場の配置換えによるものだった。スポーツカウンセラーを一生の仕事にしても良いと考えていたが、二〇〇二年四月に大学院臨床心理学専攻を開設するため、そちらに異動することになった。それを境に私の研究教育もスポーツ心理学から臨床心理学に舵を切らざるを得なくなった。

二〇〇二年三月、研究室の引っ越しをした。ところが、古びた研究室には机も書架もなく、インターネット接続も準備されていない状況だった。四月一日には辞令公布式があり、翌週から授業開始にもかかわらず、カリキュラムの中核となる臨床心理実習の準備も手つかずのままだった。こんな部署に何故来なければいけなかったのかを恨みながらも、新組織のスタートに全力を傾けた。救いは、やる気に満ちた大学院一期生たちだった。院生室も満足に準備できていないのに、大学を卒業したばかりの二〇代前半の若者から四〇代の社会人入学の院生たちまでが臨床心理学を学ぶために純粋で真剣で健気だった。彼らのために実習先と交渉して実習内容や時期を決めた。さらにその年の八月、地域に出向いて人々を援助する臨床心理地域援助を体験できるように、日本リハビリテイション心理学会認定の障がい児とその保護者のための六泊七日の集団集中宿泊療育キャンプを開始した。キャンプ長として総勢四〇名を超える参加者を統率し、療育効果をあげるためには気が抜けなかった。このキャンプで私は生まれて初めて便秘を経験した。さらに、ストレスとその予防教育を研究している全国の研究者や実践家と日本ストレマネジメント学会設立総会・第一回大会を鹿児島大学で開催した。

あっという間に二年が過ぎ、独立専攻一期生を無事修了させ、全員の就職先が決まったときには責任を果たしたようで安堵した。しかし、それも束の間、二〇〇四年の年明けに学長から内々に独立専攻を発展させて臨床心理学の専門職大学院を起ち上げられないかという提案があった。もちろん断った。研究科を起ち上げるとなると教育組織や教育内容だけでなく、有能な教員が必要になる。全学から教員採用のための空きポストを確保し、研究教員だけではなく、有能な実務家教員を探して南の果ての鹿児島に集めるのは至難の業である。

それから一年が経ち、次第に機が熟して二〇〇五年に本格的に設置準備がスタートした。二名の准教授の惜しみない努力に支えられ、全国の臨床心理学関係者からも情報支援を得ながら概算要求書作成に取り組んだが、肝心な研究科の将来構想や全く新しい教育組織・内容の概要について全責任を負うのは心身に堪えた。一〇年、二〇年先まで見据えた教育組織は果たしてどのようなものか、昼夜を問わず考え続けた。その頃は、朝起きるのが辛くて仕方がなかった。家には寝に帰るだけで家庭を顧みる余裕もなく、妻に苦労をかけた。子どもたちにも淋しい思いをさせた。それでも日本初の臨床心理学の独立専門職大学院を創るという使命感に突き動かされて頑張り通した。将来性のない組織作りに税金を使用できないという態度の文部科学省の役人と数回の折衝を経てようやく目処が立ち、翌年の二〇〇六年四月一日開設を目指して設置の許可を得るために、六月三〇日付けの大学院設置認可申請書の最終版を印刷所に持ち込んだ。その数時間後に、専門職大学院創設を熱望していた学長から突然ストップがかかった。真実は今も闇の中だ。あまりに突然のことで最初は状況がよく飲み込めなかったが、個人の力ではどうにもならない巨大な組織のうねりに翻弄されているようで激しい怒りが湧いてきた。大学教員として初めて味わう理不尽な感情体験だった。しかし、誰に怒りをぶつけることもできず、落ち込む暇もなく、次の一手を準備するために感情を押し殺した。土日返上で準備を進めてくれた同僚の教員や事務職員に申し訳なさでこころが萎れてしまいそうだった。それでもすぐさま二〇〇七年四月の開設に向けて、二〇〇六年四月一日付けで三名の教授を採用し、再準備をスタートさせた。右往左往しながらようやく二〇〇七年四月一日に大学院臨床心理学研究科が開設された。土日も開設準備に明け暮れ、丸二年を要したことになる。

開設と同時に初代研究科長に任命され、慣れぬ管理職業務に就いた。当時の私は五二歳で教授陣は全員私より年輩者なので気を使った。学内外への挨拶回り、予算確保のための学長・財務担当関係者との折衝等々、どれも初めて経験する仕事であり、あまり面白さを感じなかった。次第に管理運営の仕事にうんざりしてきたが、投げ出すわけにもいかない。そして、二〇〇九年三月三一日に何とか研究科長の任期を終えることができた。しかし、オリンピックの時のような満足感と達成感はなかった。

一教員として一〇年間の経験を記したのは、組織の中で好きでもない仕事をしなければならないのは世の常だろうが、感情を押し殺して長年怒りや恨みを抱きながら生活することは自らのからだを蝕む危険性を孕んでいるということを具体的に伝えたかったからである。〝多忙〟という同じような状況においてもそれをいやいや否定的に受け止めるかどうか、チャレンジ精神を発揮して肯定的に受け止めるかは、心的構えが大きく左右するのである。

【気づき】

（1）性格や心的構えはライフスタイルに影響する。

（2）ライフイベントは気持ちの持ち方や受け止め方次第でストレスをもたらすことがある。

（3）病気を予防するには、食事や運動や休息など健康なライフスタイルの確立が重要である。

（4）自己犠牲的かつ強迫的に仕事に取り組むひとの怒りや恨みは、健康を蝕む危険性をはらんでいる。健康を維持するためには、完璧を求めず、怒りや愚痴を小出しにして気分転換を図る工夫が必要である。

2　告知から手術まで

がん発見　――自己観察記録ノートをつけ始める――

二〇〇二年からの七年間はストレスフルな生活だったので、予防のために二〇〇六年からは毎月一回定期的に隣県にあるM医院を受診してM医師の健康チェックを受けていた。最初は疲れやすいという自覚症状があったが、M医師は長年の働き過ぎによる疲労だと言い、漢方薬を処方してくれていた。医師からそう言われると妙に納得でき、漢方薬も侵襲性が少ないようで心地よかった。健康に漠然とした不安を持ち始めたのは二〇〇八年に入ってからであった。その年の六月に下血があった。もちろんM医師に相談したが、痔だと言われた。十数年間継続していた起床時のリラクセーション法では、二〇〇八年の正月頃からリラックス感が得られにくくなり、昼間でも体が冷えやすくなっていた。食事時間は不規則になり、夜一〇時過ぎから晩酌をしながら夕食を食べ始め、終わるとそのまま眠ってしまうこともあった。食事の嗜好も変わり、魚より油濃い肉料理を食べたくなることが多くなっていた。二〇〇二年のキャンプ以来便秘気味で排便時にわずかに出血することが度々あった。もしかしたらがんではないかという漠然とした不安が芽生え始めていた。M医師は相変わらず働き過ぎだから休んでゆっくりしろというだけだった。検査を勧めることもなかった。検査入院のきっかけは、体調変化に関する気づきに加え、後述する我が家の神事を依頼している神主の鈴木邦子氏の強い勧めによるものであった。二〇〇九年四月一日、M医師の紹介によってO医院へ検査入院をした。

二〇〇九年四月二日。O医院で初めて大腸内視鏡検査を受けた。朦朧とした意識状態で「ここにあるね……」と言っているO医師の声が遠くに聞こえた。何があるのだろうか、がんだろうかと思ったことを覚えている。目が覚めて検査結果を聴いた。おそらくがんだろうと思われるが、病理検査の結果が出ないとはっきりしたことは言えないという説明だった。がんならばどこで手術をするかを尋ねられ、住居のある鹿児島市でするつもりだと答えた。今後の治療について相談に乗ってくれる医師はいないと答えると、K医師を紹介された。O医院を出て、その足でM医院に行った。M医師に経過を話すと、「O先生ががんというなら、多分がんなのだろう。手術をするまでに時間があるから今のうちに好きなことをするといいですね」と、顔色ひとつ変えずに答えた。〈三年もの間、毎月通院していたのに何故わからなかったんだ！〉と詰問したかったが、黙ってそのM医院を後にした。私にはこういうときに、感情とは裏腹に常識的に振る舞って内心では怒りを押し殺してしまう特徴がある。いわゆる〈タイプC〉である。CはCancerの略で、がんになりやすい性格特徴を意味している。それは子どものときからの育ちが影響しているのかもしれない。幼少期、両親の喧嘩が絶えず、いつも父の顔色をうかがって自分の感情を抑圧する傾向があった。そういう性格傾向はがん体験にストレスになることが多いので、医師の前でも看護師の前でも極力感情を表出するように心がけてきた。六年経ってようやく少しは自分の感情を出せるようになりつつあるのだろうか。

帰宅して、薬剤師をしている妻に経過を話した。妻は冷静に「大腸がんは手術をすれば治るでしょう」と言った。〝治る〟という言葉にこころが反応した。気づかない間に〝がん＝死〟というイメージが刷り込まれていたからであろう。がんでも治るという妻の言葉を聴いて落ち着きを取り戻したが、結果が郵送されてくるまでの数日間は落ち着かなかった。何をしても手につかないので、研究科長に事情を話して取りあえず自宅待機をした。思いも寄らぬ状況でポッカリと時間ができてしまったが、とても趣味に興じる気持ちになれなかった。我が家の小さな庭には春の花が満開に咲き誇っているが、こころは浮かない。

四月八日。写真入りの病理検査所見が届いた。妻は仕事に行っていたので、一人で封を切って見た。検査結果を示す大腸の細胞写真の下に英語で〝Tubular adenocarcinoma〟と書いてあった。ドキドキしながらインターネットで調べると、管状腺がんと出ていた。やはり、大腸がんだった。結果を見た途端に、目の前の色が変わった。突然、春の明るい風景がサングラスを通して見ているようなセピア色になった。そして外界と自己との間に時間と空間の歪みが生じたようで、自分だけが明るい陽光の外の世界から切り離されて、独り、暗い世界に閉じ込められたような不思議な感覚に陥った。パニック状態に陥り、感覚麻痺が生じたのだ。それは数日間続いたが、ショックを受けたときに生じる極めて正常な反応なので慌てることはなかった。それを知らなければ、感覚麻痺に驚き、慌てたかもしれない。

妻に電話で結果を知らせ、その日のうちに大腸内視鏡検査をしてくれたO医院で紹介された小さなクリニックを二人で訪ねた。八〇過ぎのK医師からは、「がんで死ぬわけではなく、手術後の急変、抗がん剤、食べられなくなって栄養失調で死ぬ」「しかも今すぐ死ぬわけではないので、納得するまで病院を探しなさい」といくつか病院の候補も上げてくれた。「がんでなくても明日交通事故で死ぬこともある」とアドバイスされた。話を聴いている間に落ち着きを取り戻してきたところで、今後の具体的な見通しを示唆してくれた。
（１）一週間後までに納得できる病院を探す。
（２）Ｋ医師がその病院へ紹介状を用意する。
（３）その病院で再検査を受ける。
（４）手術ができるがんは切除する方がよい（私の大腸がんは切除しやすい位置なので手術が適切であろうというのが、Ｋ医師の見解だった）。
（５）再検査から手術までの期間は一カ月ほどかかることが多い。
（６）術後管理をしっかりする。

Ｋ医師のコンサルテーションによって、今後すべきことの展望が開け、初めて遭遇する未知なる状況に対してこれからどうしたらいいんだろうという不安や混乱はその時は収まった。しかし、夜になって独りになると収まっていた不安が顕在化してこころが乱れた。早速、その日から自己観察記録ノートをつけ始めた。カウンセリング場面では、今後どうなるのだろうという漠然とした不安に直面し、混乱した状態で自分を見失いかけたクライエントに勧めることもあるが、私自身が自己観察記録によって幾度も難局をしのいだ経験があった。今回はこれから始まるがん治療に対する不安や死の恐怖に伴う感情を書き留めることによって客観的に自分を眺め、こころを落ち着かせるために始めた。

（自己観察ノートの写真）

二〇〇九年四月八日から二〇一五年四月七日までの六年間に自己観察ノートが一一一冊になった。写真はその一部である。一〇五×一四八ミリの掌サイズのノートである。当初は混乱して不安におののく感情にぴったりくる言葉を探し、それをメモしていた。自分のこころを眺め、その心理状態や漠然とした感情にぴったりする言葉を紡ぐ過程で否定的な感情に囚われる時間が減り、自己を冷静に眺めることができるので落ち着きを取り戻せた。現在の自己観察ノートの内容や記入の仕方は第三章で紹介する。

　四月九日。当時、鹿児島大学大学院臨床心理学研究科の研究科長であった安部恒久さん（現、福岡女学院大学教授）に病気のこと、今後の見通しなどについて報告した。〝必ず元気になって戻ってこい。大家が居ないと困る。この七年間頑張ってきたのだから二、三カ月休んでも誰も何も言わない。講義も相談室ケースも院生指導も一切してはいけない〟と頑として譲らない。涙が出るほど有り難かった。

臨床心理士でもある安部さんと話していると、昨日から続いていた独りの世界に閉じ込められた疎外感のような不思議な感覚は消失し、今ここにともに生きているという現実感覚が蘇り、全身に温かい血液が循環するようだった。研究科長でありながら、プロのカウンセラーという感覚は心地よかった。その日以来、一～二週間に一回一時間程度、研究科長に現状報告をした。今思うと、現状報告をしながらカウンセリングを受けていたんだと気づく。そうとは意識させずにカウンセリングをしてくれた安部さんに感謝したい。この時点では、子どもたちの前ではがんについては一切話さなかった。彼らにがんのことを話したのは、入院が決まってからだった。

四月一五日。一週間の間に病院のホームページ、友人の医師関係者による病院評価、アクセスなどの観点から情報を総合してＥ病院に絞り込んだ。そこには大学を定年退職して再就職したばかりの大腸がん手術の専門医Ｉ医師がいた。Ｉ医師は大腸がん手術のために精密検査の日程を設定した後、私の腹部や肛門の触診をした。がんの原因を質問したら「先生の場合はストレスでしょうね。新しい研究科を起ち上げ、研究科長までしたら大変だったでしょう。私も長年大学にいたからその辺の事情はよくわかります」と労われた。私という人間が受け入れられたようでホッとした。同時に、ある疑問が湧いた。がんがストレスに依るものならば、手術をしてがんを切除するだけで済むのだろうか。ストレスの原因つまりストレッサーに働きかける必要があるのではないかと思った。それはその後の闘病生活に大きなヒントとなった。手始めに仕事中心のライフスタイルを変えようと思った。

四月二二日。妻の強い勧めで例の神主の鈴木氏にお尋ねに行った。両手で鋏を持って切るような仕草をしながら「がんの患部を中心に下に三センチ、上に七センチずつ切除する。もうちょっと下まで切ったら人工肛門になるけど、完全に取り除けるから大丈夫」と言われた。それを聴いて妻は安心しきっているが、私は見えるわけでもないのに何故はっきり言い切れるのか半信半疑だった。しかし、鈴木氏の言う通りに検査を受けたらがんが見つかったので、否定しきれなかった。

告知から手術前まで　――怒りと失望――

四月二四日。妻は仕事だったのでひとりで受診し、検査を受けた。予定通り大腸の詳細な検査やＭＲＩで他の臓器への転移も調べられた。結果はその日のうちにわかり、既に肝臓に転移していて、肝臓に三つがんがあることが告げられた。まったく予期していなかった結果を示されたときの衝撃は、六年経った今でも忘れられない。その医師の仕事はがんを見つけて標準治療をすることだからか、告知の時も淡々としていて私の顔を見ないでパソコン画面に映し出されたがんの映像を見ながら「ここが大腸がん、ここに転移した肝臓がんが三つ。三つとも三センチ以内なので切れますね、良かったですね」と告げられた。

今ならば、医師としては限られた診療時間の中で動揺する初対面の患者に巻き込まれず、適切な心理的距離をとるためには画像を見ながら話す方が自らの心理的負担が少なくて済むからだろうと推測できる。また、肝臓への転移がんも切除できること自体、不幸中の幸いだというこどもわかる。しかし、その時は何の知識もなく、ショックのあまりそのようには思えなかった。この人たちは私が相手ではなくてがん細胞が相手なのだと強く感じ、患者の心情に寄り添えないその医師の態度に怒りと失望が混じった感情が湧いた。しかも結果を一人で聴いたので動揺した。これは大変なことになったという思いが強く、咄嗟に余命を尋ねた。肝臓がんの手術が上手くいって五年生存率が一〇〜二〇パーセント、手術しない場合は一年ぐらいだろうと告げられた。再度ショックを受け、あのM医師への怒りが再燃した。それはこころに棘が刺さったような状態となり、時折怒りとなって現れた。今にして思うと、検査結果や告知をひとりで聴くことは避けた方がよい。告知直後にはさまざまな感情体験が蘇って不安定になることが多い。それを軽減するためには側に誰か居て欲しい。医師にもそのような配慮が望まれる。

四月二六日。I医師と今後の治療方針について相談した。その日は妻も同席した。手術日は五月一一日を予定し、I医師は大腸がんと肝臓がんを同時に手術した方がよいという意見だった。その場合、肝臓の手術はその道の第一人者をE病院に来てもらい、手術をしてもらうように手配できるとのことだった。私と妻が同時手術に迷いながらセカンドオピニオンも聴いてみたいというと、I医師は快く承諾して画像検査や血液検査の結果を預けてくれた。

四月二七日。セカンドオピニオンを求めて訪れた総合病院のF医師は腫瘍外科医だった。これまでの検査データを見て、大腸がん手術をして、それから数カ月から半年おいて肝臓への転移がんを切除した方がよいという見解だった。理由は、大腸がんと肝臓がんを同時に手術することは可能だが、もしMRIに映っていない小さな転移が肝臓にあって手術後にそれが大きくなることがあると最初の手術の意味がなくなる。それを見極めて手術をした方がよいという意見だった。

四月二八日。ラジオ波で有名な腫瘍内科医G医師がいる病院を訪ねた。紹介状があるので、すぐに診察を受けられた。三つのうちの一つのがんが肝臓表面にあるので、ラジオ波の針を抜くときにラジオ波で焼いてもがん細胞がとび散る恐れがあり、ラジオ波による治療は難しいということだった。一番欲しい「大丈夫ですよ」という応答は得られなかった。

四月三〇日。研究科長と相談の上、全教員に病気のことをメールで知らせた。この日までにほとんどの学内外の役職を降り、講演などの仕事も断った。仕事中心のライフスタイルを変えなければがんを克服できないという思いが強かった。

その後入院までに一〇日間ほど余裕があるので、いろいろながん体験記を読み、手術に向けて体力をつけるために早朝に散歩を始めた。それは、寺山心一翁著『がんが消えた――ある自然治癒の記録』（日本教文社）に影響されたためであった。寺山氏は末期がんが自然退縮したということで有名なひとだ。さらに、中山武著『ガン絶望から復活した一五人――こうしてガンの進行・再発を防いだ！』（草思社）・『ガンがゆっくり消えていく　再発・転移を防ぐ一七の戦略』（草思社）など西洋医学に頼らず自然退縮を果たしたひとの体験記を読んだ。食事や生活術などさまざまな医学的エビデンスに裏付けられた『がんに効く生活』（シュレベール、NHKブックス）も役立った。妻の知り合いを介して、実際に闘病中のがん体験者にも会って話を伺った。そのひとたちが実践している治療法は一様ではないが、これでがんを克服するんだという強い信念を持っているのが印象的だった。しかし、私にはこれこそはと信じられる治療法が見つからず、大腸がんと肝臓がんを同時に手術するか、別々に手術するかで揺れていた。

二者択一は、苦悩を伴う。しかも、後々こちらではなくあちらを選んでおけば良かったのではないかと後悔を伴うことが多い。カウンセリングではクライエントが二者択一を迫られた状況では選択肢を三つ以上準備できるように一緒に考えるのだが、それが難しかった。しかし、自己を見失っているわけではなく、朝日を浴びながら散歩すると足の裏、特に親指に体重がかかる実感もあり歩いているうちに段々からだが温かくなってくる。そうすると、生きているという感覚が湧いてくる。がんが見つかる前には感じなかったいのちの実感だ。さらに、がんが恐いのではなく、死ぬことが恐いのだと気づく。死は誰にでもやってくるのだから必要以上に怖がらなくても良い。他人よりも早く死に直面させられているだけのことだと、知的には認識が深まる。とはいえ感情は伴わず、二者択一を考えだすと決断ができない。

五月六日。妻の助言で例の神主の鈴木氏にお尋ねに行く。お尋ねとは鈴木氏を介してご先祖様や神様のご信託を拝聴する行為のことだ。科学性を重んじる研究教育の仕事に就いていながら目に見えないご先祖様や神様を頼るとはいよいよ俺も切羽詰まっているなぁと内省し、他人には言えないと自嘲気味になりながらも、それに惹かれていく自分がいることが不思議だった。ご信託では同時に手術をする方がよいと言う答えだったので、次第にその方向で考え始めた。自分で二者択一を決定するのではなく、神様に二者択一を委ねると三択になるのだが、やはりそれを信じ切れない自分がいた。

五月七日。I医師の紹介によって肝臓がん手術で実績を残しているA医院のU医師の診察を受けた。U医師は同時でも二期的に分けてしてもどちらでもよいが、強いて言うならばまず大腸がん手術、その後肝臓がん手術をする方が手術の精度があり、侵襲性が少ないという意見だった。それを受けて、その日の午後にＩ医師の診察を受けた。ベテランの腫瘍外科医Ｉ医師と神様のご信託は同時に手術することを勧めたが、結局、仕事盛りの中年の医師たちの意見を採択して、大腸がんを切って三カ月か半年後に肝臓がんを切除することにした。Ｉ医師からがんを増やさないためにはストレスを少なくし、疲労を溜めないことが大切だというアドバイスを受けた。

五月九日。午前中に入院。午後七時三〇分、初対面の医師から手術及び手術に伴う危険性について説明があり、同意書に署名・捺印した。いわゆるインフォームド・コンセントを受けた。その中で内視鏡手術の説明がされた。私も妻も開腹手術と思っていたので驚いた。同時に、四月二二日の鈴木氏へのお尋ねの際の妙な手つきの意味が初めてわかった。あれは内視鏡手術の仕草だったのだ。その後、妻は危険性の説明の途中で恐くなって最後まで説明を聞くことができなかった。私も恐いと思ったが、明後日の手術に備えて入院している状況では、もう引き返せないという心境だった。長年、精神科病院での心理療法に携わってきた経験から、インフォームド・コンセントとは医師の立場から医学的エビデンスに基づく説明がなされ、患者の立場からは人生観や価値観などに基づく希望が述べられ、両者が話し合いを通して納得できる治療法を選択するプロセスを意味する言葉だと理解していた。私が受けたインフォームド・コンセントは、思わぬ事態が生じた場合の患者からの訴訟に備え、それは事前に説明していたという医療者側の自己防衛のための説明だという印象を受けた。日本の医療現場ではこれがインフォームド・コンセントで通用しているのだと驚いたことを覚えている。手術からその後の治療に向けて患者の心構えができないまま手術に突入することは、患者のこころを無視することになる。それが治療に効果的に作用するのかいささか疑問である。

手術から術後まで　――予期しなかったアレルギー反応――

五月一一日。午前六時に浣腸。午前九時、友人でもある元サザン・リージョン病院の麻酔科医の大瀬克広医師より麻酔の説明があった。手術に関するインフォームド・コンセントに伴う危険性とその確率の説明では不安になったが、今から始まる手術の最初の麻酔について説明を受けて安心した。誰のための何のための説明かによって患者を不安に陥れる説明もあれば、安心をもたらすものもある。午前一〇時三〇分、自分で手術室へ歩いて行き、手術台にあがった。大瀬医師の説明通り横になって背中に硬膜外麻酔を受けた。その後は痛みもなく一切覚えていない。鼻に入った酸素吸入用の管の痛みで目覚めた。一瞬どこにいるかわからなかったが、ICUに居た。妻も、見舞いにきてくれた安部さんも泣いていた。泣き顔と笑顔が混じった表情から、手術は成功したんだと思った。妻に後から聞いた話では、がんの病巣を中心に下に三センチ、上に七センチずつ、患部と合わせて一三センチ程度切除されていたということだった。神主の鈴木氏の予言通りだった。

五月一二日。術後二日目の夜、点滴中の抗生物質に対するアレルギー反応が出た。若い当直医はアレルギー反応に気づくのが遅く、私から抗生物質の中断を申し入れた。しかし、当直医は抗生物質の中断を認めず、アレルギー反応抑制剤を入れると主張した。痒い上に、赤い発疹が出てきた。その次の段階は一気に気道が腫れて呼吸困難になることを過去に何度か経験していたので、抗生物質を続けることは恐怖だった。早朝駆けつけてきたＩ医師の判断で抗生物質が即座に中断され、強烈な痒みと呼吸困難の恐怖から解放された。当直医は自分の対応を詫びたが、許す気になれなかった。怒りを表出する代わりに、Ｋ医師が言っていた術後の急変で亡くなる場合があるというのはこういうことも入るのかと考えていた。

手術前にリンパ球刺激検査法を受け、それによって安全性が確認されていた抗生物質を使用したが、それに副作用が出たのである。そのことはショックだったが、事前に生体の検査をしていても西洋医学は万能ではなく、身体のコンディションが異なれば生理的反応も異なるということを身をもって体験した。身体の危機的状況では個人の体力や自然治癒力に左右されることについては、西洋医学は脆さを内包している。

五月一四日。食事開始。重湯とスープを飲む。美味しくはないが、食べられること自体がありがたい。食事を摂りながら、術後の危機を乗り越えたという実感が湧いてくる。食べるという行為は、いのちを実感する行為でもあることに気づいた。

五月一六日。点滴が外れ、何からも束縛されず歩けることが嬉しい。歩くとお腹が痛いが、リハビリのために頑張った。体重は、六キロ減って六四キロになった。

五月二〇日。その後順調に回復して手術から一〇日後に退院した。退院時、I医師から抗がん剤を勧められたが、断った。抗生物質で副作用が出る状況では抗がん剤を断念せざるを得ないと、I医師も納得した。こういう選択になったのは事前にチェックを受けていた抗生物質でさえ副作用が出たという事実が影響しているが、今振り返ると、知的作業をする意識的な私ではなくからだと一体化した意識下の私が、侵襲性の高い医療行為を嫌がったからかもしれない。


【気づき】

（1）ひとりでがんの告知を受けるとショックの衝撃が増大し、それがトラウマになる恐れがある。告知を受ける時は家族や親しいひとと一緒に受けることを勧めたい。そうすることによってショックが緩和される可能性がある。
（2）告知直後には否定的感情体験が蘇ることがあるので、医師や臨床心理士のケアがあることが望ましい。

（３）告知後は医師や医学的知識がある専門家から治療全般に対するコンサルテーションを受けると、その後の治療経過を把握できて人生の見通しが立ちやすい。それは患者自身と家族のこころの安定と目標設定に役立つ。

（４）手術に関するインフォームド・コンセントは手術直前ではなく入院前の早い時期に行い、医師と患者が十分話し合える時間を設定することが望ましい。そのプロセスを通して医師に対する信頼感が増し、治療に対する患者のモティベーションが高まる可能性が秘められている。その結果、患者自身の自助努力が引き出される。

（５）医師もピンからキリまでいる。良い医師を見つけることが肝要。医師選択の基準は、物腰の柔らかさや甘言に惑わされず、医師としての専門的知識を優先すること。

（６）カウンセリングはクライエントとセラピストがともに在ることによってこころを癒し、苦悩するクライエントの気力を充実させる。がん医療では主治医がセラピスト役を担うことが理想的であるが、それは時間的に甚だ困難である。チームアプローチの一貫として臨床心理士がカウンセリングを行うのが現実的であろう。

（７）独りになると不安や恐怖に圧倒されて苦しくなる。そういう時に自己観察記録は落ち着きを取り戻すきっかけになった。

3　標準治療からホリスティック医療へ

五月二〇日。退院。久しぶりの自宅は安心する。初めて手術後の傷を見た。内視鏡手術だったので傷は小さく、臍から真下に五センチ程度切った痕がある。そっと触ると皮膚表面とその下が硬くなっている。その後、動作法で腰、股関節、大腿部、膝を緩めようとしたが、上体が突っ立ったままで全く緩まない。しかし、この状態からでも根気強く取り組めば何とかなるだろうというからだに対する信頼感はまだ維持されており、気を取り直した。やはり、からだはこころの活動の原点なのだ。そのからだが傷つくと、こころは拠り所を失い落ち着かなくなる。落ち着かないこころをこころの力で癒そうとしても上手くいかないのは自明の理なので、**動作法**や**漸進性弛緩法**など、からだを介してこころの活動を安定させるのがよい。

五月二五日。寝た状態で漸進性弛緩法を行った後、動作法でからだを緩めようとしても下腹部が痛くて思い通りにならない。そうこうしている間に四〇度の高熱を発して急遽E病院へ再入院した。血液検査の結果から前立腺の感染症が疑われた。再入院のショックもあったが、また抗生物質を使うのかと思うと、不安になった。

五月二六日。泌尿器科がある関連のB病院に転院することが決まり、ストレッチャーで運ばれている私に対し、Ｉ医師が「山中さん、手術は上手くいったからな」と言った。それを聴いて怒りを覚えた。主治医としては大腸がんの手術は上手くいったのだから、この熱はがんとは無関係だと伝えて安心させたかったのかもしれない。しかし、その時の私は〈俺は死にかけているんだぞ！　手術は成功しても死んだらどうしようもないじゃないか！〉と言いたかった。高熱と痛みと脱力感と、医師に対する遠慮から声を出せなかった。そういう時に「何が大丈夫だ！　ばかやろう！」と言えるひとが早く治るのかもしれない。私はそういう場面でさえ常識的に振る舞って感情を抑制するタイプＣだからか、感染症に苦しみ、さらに薬剤性の肝臓・腎臓の機能不全に陥ってしまった。西洋医学は診療科が細分化していて症状が変われば専門医の応援を仰ぐことになるが、それは患者からすると簡単に他科にまわされて主治医が替わることにつながる。主治医に対する信頼感が揺らいだ。誰もこのいのちに対して最終的に責任を持てないんだと気づいた。転院したその日の夜、自分のいのちでありながら自分では何もできない無力感と、急激に衰えていく自分のからだに直面して初めて悲しみがこみ上げてきた。どうしてこんなことになってしまったのだろうと後悔し、三年間通ったＭ医師に対する怒りが再燃した。

　薬剤師である妻が肝機能障害の原因のひとつは処方されていたザンタックという胃薬の副作用の可能性があることに気づき、医師に申し入れて服薬を中断した。すると、肝機能や腎機能低下は止まった。それまでのすべての新薬はストップし、感染症に対しては新たに選択された抗生物質に望みをかけざるを得ない状況だった。それは恐怖だった。もしまた副作用が出たら死ぬのではないか？　もし効果がなかったら？　と否定的な考えが次から次へと連鎖した。高熱と脱力から起き上がれないからだに直面して、このまま死ぬのかと思った。独りになるのが恐かった。面会時間が終わって帰り支度をする妻を引き止め、初めて泣いた。信頼していた医師からの見捨てられ感、立つこともできなくなってしまった主体性の喪失感と悲しみ、孤独感が一気に込み上げてきた。その時は妻を思いやる余裕などなく、妻の動揺や悲しみには気づきようもなかったが、時間が経って妻から聴いた話では、夜は不安で寝付けず第一章の写真の片隅に映っている猫を抱いて不安や悲しみに耐えていたという。私を支える妻を猫が支え、結果的に私も猫に間接的には助けられていたことになる。そう考えると猫もペットの域を超えて家族の一員になったと言えるかもしれない。

妻が帰り、病院に独り取り残されているところへ、当時、今村病院分院に勤務していた鎌田哲郎医師がひょっこり訪ねてくれた。鎌田医師とは以前糖尿病患者の心理的援助について共同研究を行った間柄であった。優しい顔で「お邪魔してもいいですか?」と断ってから、静かにベッドサイドの椅子に腰をかけた。落ち着いた低い声で「大変でしたね」という言葉に優しさを感じた。静寂の中で鎌田医師の佇まいから伝わってくる優しさに触れて、ベッドから立ち上がることができなくなってしまった無力感と悲しさに覆われて凍りかけていたこころが、少しずつ解けていくようだった。この五〇日間のことをポツリ、ポツリと話し始めた。三年間近く通院していたM医師への怒りと後悔、手術直前のインフォームド・コンセントの弊害、再入院で気力が湧いてこないこと、今日初めて泣いたことなどを話した。こころの中のわだかまりを話してスッキリした。側に一緒にいて黙って話を聴いてくれることが有り難かった。ひとしきり私が話した後に、鎌田医師は「頑張ってこられたんですね」と労い、「今は元気の「気」をチャージしないといけないですね」と言った。素直にそう思えた。二カ月間いくつもの病院に通って多くの医療従事者に出会ったが、初めてカウンセリングを受けた。それを契機に生きることに構えが向き、気力が湧いてきた。

五月二七日。薬の副作用による肝機能障害については、西洋医学は服薬中断以外に打つ手がなく、ただ安静にするだけだったので、主治医に相談せず独断で漢方薬を服用するように決断した。それほど切羽詰まっていた。漢方薬は妻の判断で古くから馴染みのある福岡のT漢方薬局の薬剤師に処方してもらった。

六月五日。感染症が治まり、漢方薬を服薬しはじめてから日に日に肝機能も改善し、再入院から一二日後に退院することができた。

六月八日。退院後、I先生の診察を受ける。抗がん剤を勧めたいところだが、まだ肝機能が低下しているし、ストレスが溜まっていて薬の副作用も出やすいので今は養生に専念し、今後の治療方法は後日検討しましょうと言われた。その後、二カ月先の検査を予約して、しばらくE病院から離れることになった。それは私に考える時間を与え、今後の生き方を考える落ち着きを取り戻させた。

その後の二カ月間は自分のからだと付き合うためのリハビリ期間となった。直腸の一部を切除しているためか、胃腸が過敏になっていて食べると便意を催すことが多く、外出が苦痛だった。外出先では常にトイレを確認することが習慣になった。便意を感じてトイレに駆け込んでも排便があるとは限らず、そういうからだに慣れるのに一生懸命だった。手術前のように動けない自分に苛立つこともあったが、意識的に仕事中心のライフスタイルから、からだのリズム中心のライフスタイルに切り替えた。毎朝、漸進性弛緩法、動作法、イメージ法、ウォーキングで一日が始まり、食事も精白等を控え玄米菜食に徹した。死という対象に向けられた恐怖はこころの中心を占めていたが、自助努力に徹することで今後どうなるのだろうという漠然とした予測不可能な不安は軽減した。恐怖は明確な対象を持つが、不安は漠然としている。

ライフスタイルを変える工夫をし、自助努力に専心できたのは、私が臨床心理学を専門にしていたという個人的要因もあるが、環境要因として職場と家庭の協力があったからに他ならない。職場では研究科長の安部さんや同僚の配慮があり、講義以外の会議など管理運営に関わる仕事をせずに済むようにしてくれ、夜間授業の分担免除などにも助けられた。家庭では妻が常に情報収集をし、食事献立から代替療法の適用まで全面的にバックアップしてくれた。何とか二カ月かけて術後のからだに慣れて好きだった酒も断ったが、アイスクリームやぜんざいなど甘いものを控えるのには苦労した。我慢している私の前でも気にせずそれらを食す妻を腹立たしく思うこともあったが、視覚的誘惑はどこにいてもあるのだから、それに慣れる良いトレーニングだと受け止め、視覚的誘惑に対する耐性をつけるように努力した。

八月二四日。E病院で術後三カ月の血液検査、CT、MRIなどの画像検査を受ける。腫瘍マーカー値は正常範囲。CTでは肝臓右側のS8とS6と呼ばれる領域に転移があり、MRIではS4に径二センチ程度の病変が認められ、転移の疑いがあるとのこと。それについては四月の検査段階でその疑いを指摘されていたので、それほど動揺はなかった。

八月二六日。I医師に勧められ、肝臓がんの手術の可能性を判断するためにE病院の検査結果を持参し、A病院のU医師の診察を受けた。U医師からも手術を勧められたが、抗生物質の副作用について問うと、再度リンパ球刺激検査法で確認してから検討しましょうということになった。

九月三〇日。がんのⅣ期（直腸から肝臓に転移している状態）だというのに、血液検査、腫瘍マーカー値に相変わらず異常はなかった。ライフスタイルを切り替えるようにこころがけ、漢方薬や食事療法などの自助努力が功を奏していたのかもしれない。改めて行ったリンパ球刺激検査法では手術時に使用した抗生物質にアレルギー反応は認められず、他の抗生物質に反応が出た。大腸がんの手術時も事前検査では大丈夫だと判断された抗生物質に対して、手術後にアレルギー反応が出た。手術時やその直後には身体に負荷がかかるのでアレルギー反応が出たのかもしれない。U医師はその結果を見て、アレルギー反応が出るかどうかは手術をしてみないとわからないと答えた。私としては、試してみないとわからないことにいのちを賭けることはできない。やはり、肝臓がんの手術を躊躇した。その日のうちにI医師にそれを報告すると再度抗がん剤を勧められた。「山中さんが私の家族ならば是が非でも（抗がん剤を）させるのだが……」という言葉に一瞬その気になりかけた。しかし、妻が横から脇腹を突いて「Ｎｏ！」のサインを送ってきた。副作用はないのかと尋ねたが、それに対する明確な応答はなかった。抗生物質にも過敏な反応を示す私のからだが侵襲性の高い抗がん剤に耐えられる見通しが立たなかったので、それも断った。アレルギー反応は医学的には生理的反応の結果であろうが、臨床心理学的には意識下の私が嫌がった心理的反応かもしれないと考え、抗がん剤も手術も放射線もしない道を選択した。

後日、U医師の診察で再度手術も抗がん剤もしないことを伝えると、「一年後には二の三乗になるから二センチのがんが一年後には八センチに大きくなり、三つの肝臓がんがいずれも八センチになり、肝臓全体がんで覆われるから一年後には生きているかどうかはわからない」と、淡々とした反応だった。そして、抗がん剤も放射線もしないとなると、「ここでは打つ手がないですね」と言われた。その次の回の診察からU医師に代わり若い医師が診察するようになった。そうした経緯から暗にA病院に来るなと言われているように、私は受け止めた。標準治療を行う病院でそれをしないと言えば、標準治療専門の医師としてはそういう反応をせざるを得ないのかもしれない。待合室はいつもたくさんのがん患者で溢れかえっていた。そこでは医師はいつも時間に終われ、患者と十分なコミュニケーションをとる余裕がないように思えた。

この段階で緩和ケア機関を紹介されていたら、私たち夫婦のがん体験も違ったものになっていたかもしれない。世界保健機構（WHO、二〇〇二年）の定義では、「緩和ケアとは、生命を脅かす疾患による問題に直面している患者とその家族に対して、痛みやその他の身体的問題、心理社会的問題、スピリチュアルな問題を早期に発見し、的確なアセスメントと対処（治療・処置）を行うことによって、苦しみを予防し、和らげることで、クオリティー・オブ・ライフ（QOL：生活の質）を改善するアプローチである」となっている。緩和ケアとターミナルケアを混同して、緩和ケアはがんが進行してから受けるものだと思い込んでいるひとがいるかもしれないが、私の例でもわかるようにがんの診断時から不安や恐怖はつきものであり、がんの告知段階から緩和ケアの対象になるのである。しかも、WHOがケアの対象として身体的次元だけではなく、スピリチュアルな存在次元までも認めているように、身体的疾患を治す西洋医学だけではホリスティックな存在であるひとは癒されないのである。しかし、標準治療を専門にする多くの医師には心理社会的問題やスピリチュアルな問題の解決が医療行為の一環として受け止められていないのかもしれない。結局、緩和ケア機関を紹介されることもなく、西洋医学的治療を行う病院から離れることになってしまった。私のような経緯を辿って、あるいは医師からなすべき標準治療がないと告げられて、さまざまな医療機関を渡り歩き、怪しい民間医療に食い物にされる〝がん難民〟が生み出されるのかもしれない。六年前も現在もがんビジネスは花盛りである。

私の場合はその後も検査専門の医療機関で三カ月おきにMRI、CT、PET、血液検査を受けたが、侵襲性の強い標準治療は受けなかった。二〇一一年までは転移した肝臓がんに変化はなく、血液検査も腫瘍マーカーも正常範囲であった。痛みなどの自覚症状もなかった。この間に西洋医学にとどまらず補完代替医療法（Complementary & Alternative medicine、以後代替医療と記す）などに関する知識を得た上で、いかに生きる可能性を高めるかを考え始めた。治療に対する知識がないと医師に頼りがちになるが、その医師から離れてしまうと自分で知識を得るしかない。まず、がん治療に関する医学情報や臨床心理学関連の情報をインターネットで検索した。私はついつい臨床心理学関連の論文を探すことが多くなったが、妻は医学情報だけでなく代替医療やがん体験者のブログなどからも非常に多くの情報を収集してくれた。膨大な情報の中で目を引いたのは、代替医療と自然退縮に関する情報だった。それらに目を通し、実際に自然退縮に到った人たちにも会った。これらのことを通して学んだのは、以下のことであった。

・一九七〇年代から医学系の国際誌にはがんの自然退縮例が毎年報告されていること。
・自然退縮に到ったひとにはライフスタイルや食生活を改善して積極的に自助努力しているひとや統合医療を選択しているひとが多いこと。
・自然退縮例に共通するのは免疫機能が改善されていること。
・免疫機能が高まると自然退縮に到らずとも余命が長くなること。

「がん＝死」という心理的囚われから脱するのは並大抵のことではないが、この種の情報に触れて少しずつ恐怖が軽減していった。医学的エビデンスに基づくと、E病院やA病院の医師が指摘したように私の余命は一年と言わざるを得なかったのであろうが、まだ私は生きている。重要なのは何を信じるかだ。私は、医学的な確率ではなく可能性（希望）を信じた。可能性を信じると、そこに希望が芽生え、生きることに対する士気が高まり、積極性が出てくる。それを確実にするために自分で情報を探し、必要な情報を自己選択し、それを自分のからだで試すかどうかを自己決定するようになる。そうすると、次第に代替医療や免疫を高めることに関心が向いていき、そのために必要なことに対しては主体的に取り組み、〝自己治療〟目指すようになった。

成瀬（一九八八）は自己治療を〝自らの努力で自らを治療してゆく工夫をする〟ことと述べているが、私の場合は最初から積極的に自己治療を選択したというよりも西洋医学的標準治療が難しい状況だったので、統合医療を選択せざるを得なかった。その過程で主体性を取り戻し、〝自らの努力によって必要な体験を選択し、自らを癒し、より健康になってゆくこと〟に専念するようになった。からだの生理学的な異常を治すことは専門の医師に任せ、自らを癒すことを重視したのである。もちろん第一章の心身相関で述べたように、自らを癒すことによって結果的に生理学的な異常が治っていくという現象が生じることもあるが、生理学的な異常を治すためではなく心理社会的な痛みやスピリチュアルな痛みを癒すことを目標としたいのである。何故ならば、ひとは本来ホリスティックな存在次元を生きていると考えるようになったからである。

エビデンス・ベースド・メディスン（ＥＢＭ：Evidence Based Medicine）が言われて久しいが、帯津（二〇一一）によれば元々「ＥＢＭとは一人ひとりの患者のケアについて意思決定するときに、最新で最良の根拠を良心的に、明示的に、賢明に使うもの」であり、「臨床的専門技能と患者の価値観とを、最良の調査根拠に基づいて統合すること」である。〝臨床的専門技能と患者の価値観を統合する〟ためには患者と医師の話し合いが必要になるのであろうが、実際には科学的ということが一人歩きして患者の価値観や希望が無視されている。医師が忙し過ぎて、話し合いに要する物理的時間やこころの準備ができていないという現状もあろうが、患者の側も知識がないままに恐怖に駆られて医師にすがってしまえば、話し合いの余地はなくなる。完全にお任せの世界に陥らざるを得ない。それは患者を最初は心地よくするかもしれないが、治療が上手くいかなくなると、医師を恨み、責めることにもなりかねない。そうなると医師も患者も不幸である。そういう例は精神科領域の心理治療ではよく見受けられることである。

しかし、患者の側に自分のいのちに責任を取る覚悟が芽生えてくると、主体的に医師と話し合いたいと思うようになり、話し合いの上で自己決定したことに対してはアドヒアランスが高まるのはひとのこころの自然な成り行きであろう。ホリスティック医療は明確なプログラムや医学的エビデンスに欠け、曖昧でどこか怪しい。しかし、本来ひとは理屈では割り切れない、曖昧で怪しい生き物ではないだろうか。曖昧さや個人に内在する混沌とした怪しさにこそ、ホリスティックな癒しの可能性が潜んでいるのかもしれない。もちろん危険性も孕んでいる。したがって当然その効果の個人差も大きいことは否めないが、患者自らが自己責任を覚悟すれば選択の自由度と可能性が広がる。

【気づき】

（1）誰も自分のいのちに責任を取れない。自分のいのちに責任を取る覚悟が自己治療の第一歩になる。

（2）いのちに対する自己責任を覚悟すると、がん治療に関して自ら情報を検索し、自己選択、自己決定する構えを取れるようになる。

（3）生死の瀬戸際では医学的エビデンスに基づく確率を信じるか、可能性（希望）を信じるかは、いのちに対する自己責任の覚悟に委ねられる。その際、重要になるのは家族の理解と協力である。

（4）自己治療を可能にするためにはアドヒアランスが重要である。本来のＥＢＭやホリスティック医療はいのちに希望の火を灯し、自己治療に対するアドヒアランスを高める可能性を秘めている。

4　これまで実践してきたホリスティック医療

アレルギー反応や薬剤性肝炎などに伴うからだの不思議さと、生死の瀬戸際で体験した〝自分のいのちに対しては誰も責任を取れない〟という気づきを契機に、次第に統合医療を踏まえた自己治療を目指すようになって六年が経過した。ここでいう統合医療とは西洋医学的標準治療に加え、西洋医学以外の代替医療を組み合わせたものである。漢方や経絡療法などの東洋医学、ホメオパシー、食事療法、心理療法などは代替医療の範疇に含まれる。妻と私はインターネットや書籍から統合医療に関する情報を調べ、それを実際に自分のからだで試してきた。そして今では、この六年間はスピリチュアルケアを含めたホリスティック医療を模索してきたのだと思うようになってきた。その内容と経過を示したものが次の表である。

ホメオパシーはヨーロッパでは法的規制のもとに医師のみが行う国（ベルギー、フランス、オーストリアなど）もあるが、日本では法的規制が曖昧であり、ＷＨＯは補完代替医療として認めているので代替医療の範疇に入れた。また、丸山ワクチンは日本医科大学で開発された医薬品であるが、がんに対する医薬品としては厚生労働省から認可されていないので、これも代替療法のその他の項目に含めた。祈りを生活療法に入れたことに対しては納得できないという

表 2-1　私が試してきたホリスティク医療の経過

私が試してきたホリスティック医療（2008 年～ 2015 年 4 月）

治療法 ＼ 年			'08	'09	'10	'11	'12	'13	'14	'15
西洋医学	標準治療	手術		━						
		抗がん剤								
		放射線								
	その他	胆管ステント								→
代替医療	東洋医学	漢方薬		━	━	━	━	━	━	→
		経絡治療		━	━	━	━	━	━	→
		気功		━	━	━	━	━	━	→
	心理療法	カウンセリング		━	━	━┈	┈	┈	┈	┈>
		漸進性弛緩法	━	━	━	━	━	━	━	→
		自律訓練法		━	━	━	━	━	━	→
		イメージ法		━	━	━	━	━	━	→
		臨床動作法（セルフ）		━	━	━	━	━	━	→
	その他	ホメオパシー							━	→
		丸山ワクチン					━	━	━	→
生活療法		散歩			━	━	━	━	━	→
		祈り		━	━	━	━	━	━	→
		玄米菜食		━	━	━	━			

読者もいるだろうが、食事や散歩と同様に今や私の生活の営みの一部として位置づいているのでそこに含めた。心理療法と祈りについては第三章でまとめて述べることにして、ここでは代替医療の専門家や医療従事者から受けている支援を中心に、がんの経過を振り返りながらその内容や取り組みの経緯を簡単に説明する。

漢方薬は二〇〇九年四月から服用していたが、再入院時の薬剤性肝炎に対する効果が著しかったことから、現在も服用している。当初から五年間は福岡市のT薬局で薬剤師によって処方された漢方薬を服用していた。Ｔ薬局は中国医学を取り入れ、「糸練功（しれんこう）」というオーリングのような方法で患者の症状に応じた漢方薬を処方している。その漢方薬を飲み続けていたが、二〇一四年一二月に閉塞性黄疸で危険な状態に陥ったときに、鹿児島市で開業しているＡ医院Ｔ医師によって処方される漢方薬に変更した。もちろんＡ医院については妻が早い時期から情報を把握していたが、長年漢方薬を処方してもらい信頼していたＴ薬局から私が心理的に離れられなかった。しかし、Ｔ薬局では死に直面して一刻の猶予もできない緊急事態には対応できないことがわかったので、Ａ医院の漢方薬に思い切って変更することにした。Ａ医院では独自の理論体系に基づく望診によって気の滞り〝気滞（きたい）〟を見つけ、それを消し去るように生薬を処方するという方法をとっている。もちろん、それを医師が行う。血液検査も画像検査もない。世の中には西洋医学的常識では考えられない、いろいろな診察方法や治療方法があるものだ。しかし、前述したようにひとは曖昧で妖しい生き物であり、その曖昧模糊とした妖しげな中に西洋医学では計り知れない、いのちの本質があると考えるとＡ医院の診断治療法も特別に不思議ではない。前述したように二者択一は悩ましいことだが、ここでは神主の鈴木氏に両者の薬を手に取って比較してもらい、私に合う薬を選んでもらった。それまでの事情をまったく知らないひとが聞いたら、がんの恐怖からとうとう頭がおかしくなったのではないかと思われても仕方がないことだが、その結果、Ａ医院の漢方薬を勧められたので、それに従った。その甲斐あって一命を取り留めることができた。

気功治療も本格的に受けるようになったのは、二〇〇九年四月からである。東洋医学では漢方薬、経絡療法と同様に重要な治療法として位置づけられているが、そもそも〝気〟とは何か、そういうものが本当に存在するのかということさえ私自身わかっていなかった。漢方薬は生薬が存在し、それを目で見て、服用し、効果があれば症状が消失して心身ともに楽になるので体験的にそれを受け入れやすい。最近では西洋医学を行う病院でさえ漢方薬を処方する時代だから漢方薬に対する抵抗も軽減されてきた印象があるが、気功治療が対象とする気はいのちを維持するエネルギーであり、それが滞ると不調や病気になると知的に理解しても、肝心の気が目に見えないのだから即座には受け入れ難い。がんが見つかるずいぶん以前に知的好奇心から、小説家の五木寛之氏とロンドンで気功治療をしている望月勇氏の対談（『気の発見』角川文庫）を読んだことがあったが、そのときはピンとこなかった。その後、実際に施術者に滞った気を流してもらうと、お腹がぐるぐる鳴ってからだが温かくなった。さらに、身体症状が軽減して心身ともに楽になっていく経験を積み重ねるうちに気を実感するようになってきた。知的常識から離れてからだに聴いてみるつもりでリラックスして臨むと気の流れを実感できた。それは暗示効果ではないかという感想を持つ読者もいるかもしれないが、そうではない。たとえば、気功師によって気を注入されたメダルをウサギの頭皮上に置くと、それだけでウサギの脳波に特徴的な変化が生じる（Takeshige, C. et al. 1994）という事実から推測すると、暗示が影響するとは考えられない。前述した望月氏も遠隔気功（物理的に離れた場所にいるひとに気を送ること）で人間だけではなく、動物の病気が治るという経験を数多くしているという。ただし、望月氏によると自分が治すという〝我〟が出ると効果がなくなるらしい。宇宙の気（ヨーガでは〝プラーナ〟という）が自分の中に入ってきて、それを他者に流すだけだと言う。施術者の構えが影響するというのが面白い。中国だけではなく、今や日本でも気功やヨーガを治療の一環として取り入れている病院が出てきた。アメリカやヨーロッパでは〝Ｑｉ〟と呼ばれ、代替医療として適用されている。気功には外気功と内気功があり、外気功は施術者から気の滞りを流してもらい、内気功は自分で気の流れを良くするようにからだを動かすものが多い。私自身は外気功だけではなく内気功にも取り組んでいる。外気功は「引き受け気功」や「浄波良法（じょうはりょうほう）」と呼ばれるものを取り入れている。浄波良法の創始者松本光平氏は、その功績で世界平和医学功労賞や国連顕彰特別功労賞を受賞している。日本でよりも海外で注目されているというのも面白い。

経絡療法は鍼灸治療が有名である。〝経絡〟（気の流れ）の滞りを見つけて、それに関連する身体部位の皮膚表面に鍼や灸によって刺激を与えるのだが、私は鍼が合わないのでそれ以外の施術をいろいろと受けてきた。足揉みとして普及している「若石療法」を試したこともあるが、二〇〇九年五月から現在も継続しているのが「田中式計数療法」である。田中式計数療法は柔道整復師である田中裕之氏によって発見・開発された方法である。オーリングテストによって痛みの原因と強度を特定し、経絡を参考に約〇・五センチから一センチ四方の模様入りテープを皮膚表面に張っていくものである。たとえば腰痛の原因もいろいろある。私の場合は、転移性肝がんや便秘による痛み、三〇年前のギックリ腰の後遺症による循環障害からくる痛み、筋肉疲労によるもの、ストレスによるものなどである。それを見立てて、小さなテープを貼るだけである。しかも痛みの当該部位である腰だけではなく、経絡上関係がある足の指先などにも貼ったりする。それで痛みが消失するのだから不思議である。門外漢の私に治療機序はわかりようもないが、末梢に貼られたテープの刺激によって経絡の流れが整い、大脳皮質などにも作用して自然治癒力が引き出されるのかもしれない。捻挫や打撲の筋骨格系の痛みはもとより不思議なことに便秘やアトピーなどの身体症状が改善されていく。難治性の耳鳴りや眼圧が改善されたというひともいる。私の体験ではそれで腫瘍が小さくなるとか血液検査の結果が良くなるということはないが、腰痛や腹部の痛みが軽減して体調が良くなるので今日まで続けている。何よりも苦痛を伴う副作用がないのがありがたい。

二〇一二年六月から丸山ワクチンも取り入れた。血液検査の結果や腫瘍マーカー値が基準値をオーバーしはじめ、二〇〇九年に二センチ程度だった肝臓がんが三センチ前後になったので、新たな一手として開始した。とは言っても丸山ワクチンはまだ治験段階なので利用者としては保険適応を受けられず、すべての医師から公認された治療法でもないので、自分で丸山ワクチン治療を受け入れてくれる医療機関を探さなければならない。インターネットでも探せるが、幸い前出の友人で麻酔科医の大瀬医師が私の職場に近いなかのクリニックの中野静雄医師に依頼して、受け入れてもらうことができた。大瀬医師はわざわざ私の職場から物理的に近い何カ所かの医療機関を探し、実際にそこまで自分の足で歩いて確認した上で信用できる医師として中野医師に頼んでくれたと後から知り、ありがたかった。その中野医師は大学病院で医局長の経歴を持つ腫瘍外科医であり、初診時に医師として丸山ワクチンが効果的であったという症例を持たないことを明かした上で、「あなたが望むなら引き受けます」と断ってから引き受けてくれた。隔日でA（Bの一〇倍の高濃度）とBの薬を注射するのであるが、中野医師は注射の前に肝臓や首回りのリンパを触診した。時には目を見て、黄疸の有無を確かめた。この間にいろいろな医師に診察を受けてきたが、私のからだを触診したのは、手術時の主治医Ｉ医師以外では初めてであった。その態度にも好感が持てた。隔日で濃度の異なる二種類の薬を皮下注射する丸山ワクチンは厚生労働省から保険適応薬としては認められていないが、通常注射薬の一〇倍の高濃度アンサー（20）は保険適応薬として認可されているという事実に可能性を感じた。放射線療法中の白血球減少の改善に効果があるらしい。ワクチン開始後しばらくして統合失調症関係の調べごとをしていて、その道の大家である神戸大学医学部名誉教授の中井久夫氏の『臨床瑣談』をたまたま手にした。読み進めるうちに、中井氏もがん体験者として丸山ワクチンをしているという記述を見つけて嬉しかった。日本を代表する精神科医であり、ウイルス研究者としての経歴もある医学者が効果を認めていることは心強かった。

ホメオパシーとの出会いは二〇一三年八月であった。妻が日本ホメオパシー医学会理事であり、東京女子医科大学准教授の川島朗医師の講演を聴いたのが始まりである。ホメオパシーはからだに備わっている自己治癒システムに働きかけ、病気のひとが全体のバランスを取り戻し回復していくことを目指す治療法である。薬剤師の妻はその考えに共感し、毎月東京で開催される研修会に通い始めた。妻から話を聴いている間に、私も次第にホメオパシー医療に興味を持つようになり、とうとう翌年の四月にはホメオパシー医学会会長でホリスティック医療の第一人者である帯津敬三医師が開院した帯津三敬病院に入院して、帯津医師のホメオパシー治療を受けることになった。そこで受けた画像検査で二〇一二年六月に三センチ程度だったがんが五センチになっていたことを後から知った。偶然といえばそれまでだが、そういう結果を知る前から次の一手を打っていたのが不思議だ。私の身体症状、性格、好みなどを確認した上で処方されたレメディと呼ばれる錠剤を一日一回から二回舌の上で舐めるだけである。錠剤といってもコンペイ糖を小さくした甘い砂糖の粒である。こんなものが本当に効くのかと半信半疑だったが、その効果を実感したのは二〇一五年一二月に死にかけてからである。

その年の一二月中旬になって急に体調が悪くなり始めた。その直前まで大学で普通に講義をし、一二月一一日には東京で講演も行った。その翌日に東京から埼玉に移動して帯津三敬病院で診察を受け、折り返して名古屋に行き、孫のお宮参りに同行した。少し無理をしたせいか疲れたなぁと思っていたら、一二月一四日頃から倦怠感や痒みが出始めて食欲がなくなってきた。顔色も悪くなってきた。一二月一五日に丸山ワクチンの注射に行くと中野医師がそれに気づいた。黄疸だと指摘された。仕事の都合で受診が遅れ、一二月一八日に血液検査を受けた。翌日その結果が出て、肝機能が低下し黄疸が進んでいることがわかり、一二月二〇日に入院した。T薬局に相談した。入院した方がよいという返事だったが、漢方薬の処方は間に合わなかった。血液検査や画像検査の結果から、肝臓がんが一〇センチ程度になって胆管を圧迫しているために胆汁が流れなくなり、黄疸が出ているということだった。二〇〇九年四月に二センチ程度だったがんが、四年目辺りから少しずつ大きくなりはじめ、二〇一四年四月に五センチになり、二〇一五年一二月には一〇センチに倍増したということになる。

一二月二二日に緊急手術を受けることになった。口から胃・十二指腸を経由して胆管に直径二ミリ、長さ一二〜一三センチ程度のステント（管）を挿入する手術だった。通常はそのステントを入れると胆汁が流れ出すらしいが、そうなるまでに二日かかった。その間、私は意識が混濁して正確なことは覚えていない。意識がはっきりしてから聴いた話ではその間に大変なことが起こっていたらしい。詳細は第三章で述べることにし、ここでは二日後に奇跡的にステントの効果が出始めて肝機能が改善して年末に退院できるまでに回復し、その後は定期的に三カ月に一回ステントを交換するようになったことと、ホメオパシーが役立ったことを記しておきたい。胃・十二指腸を経由して胆管に挿入したステントを交換するために胆管と十二指腸の間は常に開いた状態になっており、細菌が入りやすいらしい。そのために逆流性胆管炎を起こしやすく、炎症を起こすと発熱する。そのときに「アコナイト」「ベラドンナ」というレメディを服用すると熱が下がる。右上腹部のモヤモヤ感には「チェルドニュウム」が効く。痛みを伴うモヤモヤには「ヘパサルファ」が良い。それに加えて、T医師が処方してくれる漢方薬とわずかな量の抗生物質を服用することによって大事に至らずに済んでいる。西洋医学、東洋医学、ホメオパシーなどが統合的に作用している。加えて、鈴木氏のスピリチュアリティなサポートがいのちを躍動させているのだが、それについては第三章で説明したい。

【気づき】

（1）ある治療法が他人に効果があったからといって自分にも効果があるかどうかはわからない。それぞれの治療法が〈私〉にとって効果的かどうかは、常識に囚われず直感や自分のからだの実感に基づいて判断するしかない。何故ならば、常識が自分にとって正しいとは限らないからである。

（2）いのちの危機に遭遇する度に決断を迫られ、気が休まらないこともあるが、生きるとはその連続かもしれない。一人で危機を解決しようとせず、家族や多くの専門家に協力を求めれば何とか乗り越えられる。

（3）ホリスティック医療の中の何かひとつの治療法が有効であるということではなく、すべてが統合的に効果を発揮して危機を乗り越えられている。

5　ホリスティック医療の効果

がん体験者の立場からホリスティック医療を中心に六年間を振り返ったが、どれかひとつの方法だけが顕著な効果があったということではなく、西洋医学も東洋医学を中心とする代替医療もそれぞれに効果があったのであろう。食事療法や散歩も効果的であった。食事療法に関しては三年間は玄米菜食に徹したが、玄米はミネラルを排出しすぎるという理由で中止した。もちろん、臨床心理学に基づく自己コントロールも有効だったと実感している。それは何よりもリラックスすることに効果的であり、心的構えを柔軟に切り替えるのに役立っている。寝付かれない夜もないし、精神安定剤を服用することもなく、死の恐怖や漠然とした不安と折り合いを付けながら生きられている。がん体験者の中には睡眠導入剤や精神安定剤を服用しているひとが以外に多い。それらの服用は副作用がないとはいえないし、活動性を低下させることもある。それぞれの治療法が私の存在をホリスティックに癒してくれたのだ、と受け止めている。

二〇〇九年九月に職場復帰した。生きている間に思い残すことがないようにと一一月には友人と三男の手を借りて磯釣りにチャレンジした。急な山道を下って岩場に降りる途中で下腹部の傷口が突っ張ったが、手ぶらなので何とか岩場に降り立てた。海の香りがとても心地良かったことを忘れない。たまたまその日にお目当ての魚〝グロ〟（正式名メジナ）が釣れ、それから病み付きになり月に一～二度は磯釣りに通うようになった。次第に痛みは消えて、一〇キロ近い荷物を背負って山道を下り、登りも自力で可能になった。磯釣りはいのちを落としそうになった二〇一四年一二月まで続けられた。

図2-1をご覧いただきたい。二〇〇九年から二〇一一年までの三年間の一一月ひと月間のデータを抽出して比較したものである。一一月について掲載したのは、寒くなり始めてからだが冷え始める月だからである。毎朝の自己コントロール実施直後の両脇下の体温を自己観察記録ノートに記録していたので、その中から過去三年間の一一月の体温の平均値を算出し、平均値の比較のためt検定を行った結果、二〇一一年（M=36.37, SD＝0.12）は二〇〇九年（M=36.18, SD＝0.15）

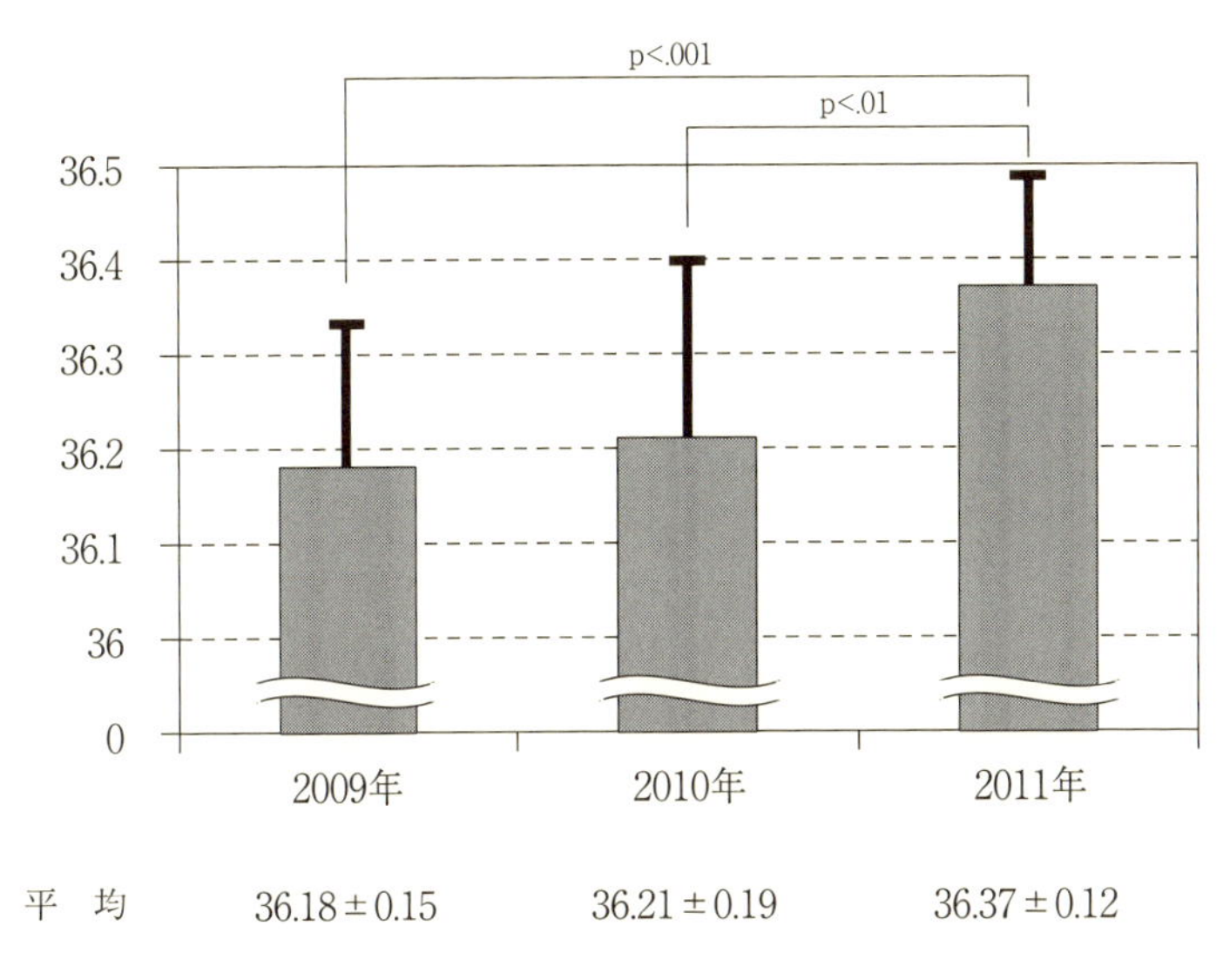

図2-1　2009年から2011年までの11月の体温比較

および二〇一〇年（M=36.21, SD = 0.19）よりも体温が上昇していることが示された。数字にすると〇・二度程度だが、毎日の自助努力が報われたようで嬉しかった。何よりも生活の仕方を工夫すれば自分でも何かができるという自信に繋がった。実際に、肝臓と右肺のがんに変化はなく、体調は安定していた。

　二〇一二年四月からの二年六カ月間は、自助努力による日々の積み重ねの中でこころが穏やかになり、からだも安定していった。余命一年を宣告されたが三年以上生きているという事実から、今すぐ死ぬわけではないという実感と、もう少し生きられるという自信が湧いてきた。ひとは皆死ぬのだから、遅いか早いかの違いがあるだけだと思えるようになってきた。死が自分のこころの中に収まってきたようだ。この間がんは少しずつ大きくなっていったが、身体的な痛みや不調を感じることはほとんどなかった。そうなると〝生〟に構えが向き、この体験を書き残しておきたいと考えるようになった。二〇一一年一二月に大阪で開催された日本リハビリテイション心理学会で「がん体験における自己治療の基本的視座――当事者の立場から」というテーマで発表した。フロアーには恩師の成瀬悟策先生がいらっしゃっており、自己治療における心的構えと動作の効果等についてディスカッションした後に、「ストレスにならなければ、来年も発表して下さい」という励ましを戴いた。それを機に、やり残していた仕事を完成させておきたいという意欲が湧いてきた。二〇一二年一〇月には専門職大学院設置のために頓挫していた学位論文を仕上げた。二〇一三年九月には念願の白馬岳登山にチャレンジした。長男に助けられながら一泊二日の行程を歩ききった。今もお花畑や大雪渓や頂上からのアルプスの峰々が朝日に輝く光景がこころに焼き付いている。思い出すだけでも嬉しくなる。一歩一歩踏みしめて歩くその瞬間瞬間に、いのちの躍動〝エランヴィタール〟を感じた。普段の生活の中で〝がんにならなかったらこういう感動はなかったかもしれない〟〝がんも悪いことばかりではない〟と思うことが多くなった。

がんだから死ぬのではなく、寿命だから死ぬのであり、寿命を決めるのは自分でも医師でもない。神か仏か大いなる力が決めるのだろうから、いつ来るかわからない死について思い嘆いても仕方がない。その日が来るまで食べたいものを食べ、したいことをして生を楽しむだけだ。身体症状がなく、気持ちよく目覚め、散歩をして祈ってから食事をとれることが、この上なくありがたい。幸せの閾値が下がったのではないかと思うぐらい多幸感に満ちあふれている。チャレンジしてみたい山もあれば、書きたい原稿もあるが、もう死ぬこともそれほど悲しくはない。死によって日常が奪われ、この手で直に家族の手や髪に触れられなくなることも以前ほど辛いとは思わなくなってきた。死を受容したわけではないので、その時が近づいてくるとどうなるかわからないが、四人の子どもたちも成人し、それぞれ自分の道を歩み始めている。この六年間に父親として子どもたちとこころを通わせ、伝えておくべきことも話した。研究者としては不満足なこともあるが、夫として、父親として充実した六年間だった。ただ、残された妻のことを思うと悲しみが溢れ出しそうになる。しかし、その妻もきっと逞しく生きていくに違いない。昨年の一二月以来何度も死に直面しながら死の淵から復活し、こうして幸せを感じられるのは妻が全面的に支えてくれていることと、ホリスティック医療を提供してくれる専門家に巡り会えたこと、その専門家の支援を受けて自己治療を継続していること、私自身がスピリチュアルな存在と繋がりを受け入れるようになったことが影響している。これについては次の章で述べてみたい。

【気づき】

（1）ホリスティック医療に基づく自己治療に取り組むことによって、こころの変容が生じた。具体的には死の恐怖に圧倒されることなく、主体的に生きることが可能になった。

（2）余命一年を宣告されたが、結果的に六年以上も楽しく生きている。

（3）最初の三年間はこころの変容に伴ってからだも安定した。四年目に入ってからがんは少しずつ大きくなっていったが、死の淵から何度も復活することができた。

第三章 〝がん〟との付き合い方
──不安・恐怖を中心に──

不安には性格に起因する不安と、初めて経験する特定場面に対して誰もが感じる不安がある。前者を特性不安、後者を状態不安という（Spielberger et al., 1973）。それまでの人生で経験したことがない〝がん〟を告知され、この先どうなるかわからないときに状態不安を感じるのは自然な反応である。まして「がん＝死」という先入観に囚われている場合には、突然、死に直面させられるのだから恐怖を感じることも稀ではない。恐怖は自分にとってそれを惹起する確かな対象があり、不安は対象が漠然としている。多くのひとが病院で死を迎えるようになり、死が日常から隔離されて直接的に臨終から死に到る過程に触れることが少なくなった現代では、それは避けて通れないという知識はあっても他人事（ひとごと）である。修行を積んだ高僧ならいざ知らず、われわれ凡人が狼狽するのも無理からぬことであろう。「がん＝死」の恐怖に圧倒されて自分を見失うこともある。私もそうだった。そういうときにお勧めしたいアプローチのひとつが、臨床心理学に基づく自己コントロール法である。本章では私がこの六年間継続して取り組んでいる自己観察法↓漸進性弛緩法↓自己暗示法↓イメージ法↓動作法を紹介する。興味のある方は自己観察法から順に取り組んでいただくのもよいし、最も効果を実感しやすい漸進性弛緩法から始めてもよい。いずれもしないといけないと思うと強迫的になってしまい、それに取り組むこと自体がストレスになるので、気持ちが良くなるからするという心的構えで取り組むのがコツである。

さらに九死に一生を得る体験を繰り返すなかで感じるようになったスピリチュアルな存在次元についても述べ、その体験がいのちの躍動にもたらす意味について論じてみたい。スピリチュアルな体験は本来個人的な体験であり、わが国の臨床心理学界では語られることが少なかった現象である。しかし、その存在次元を体験したことが今日まで私が生き存（ながら）えている原動力となっていると考えると、敢えて個人的な体験を語り、生きることにおけるその意味について言及することは、がん体験者だけではなく、こころに寄り添うことを生業とする臨床心理士や医療従事者にも役立つと思われる。

1　自己観察法

がんを告知されると精神的に不安定になり、死の恐怖が頭から離れず眠れなくなるひとがいる。あるいは自暴自棄になってアルコールに走るひともいる。そのために精神安定剤や睡眠導入剤を服用しているがん患者も少なくない。そういうときに、まず大切なことは不安や恐怖を否定しないことである。否定しようとすると、こころの活動が不安や恐怖に向けられ、それにエネルギーが注ぎ込まれ、その感情を増幅させるからである。それは痛みの知覚にも似ている。「痛いなぁ、嫌だなぁ、この痛みを消し去ることはできないか」などと痛みに囚われて思い悩んでいると、その身体部位に注意が固定され、痛みに過敏になって増々痛みを強く感じるようになってしまう。森田療法で指摘されているように、あるがままの自分を受け入れられればよいが、森田療法の大家である岩井寛氏のがん体験記『生と死の境界線』（一九八八）を読むと、それは一筋縄では片付けられないことがわかる。意識を喪失するような強烈な痛みがあるときには、さらに厄介である。

ところが何か楽しいことがあると、そちらに注意が向き、不安や痛みを忘れてしまうことがある。こうした経験を活かして、苦しいときに楽しいことに注意を向けて気分転換を図る方法を日常生活の中で自然と身に付けているひとがいる。これは臨床心理学では分離方略(dissociation strategy)と呼ばれる。反対に苦しい状態に注意を向け続けながら楽になるように工夫する方法を連合方略(association strategy)という。たとえば、ゆっくり息を吸い込みながらきれいな空気が痛い部位に行き渡って痛みを癒し、息を吐くとともに痛みや痛みに伴う感情も体外に出ていくようにイメージする。そうすると痛みが消失することがある。この注意の向け方は痛みに対する対処法としてだけではなく、人生のさまざまな局面で活用されている。たとえばマラソンなどの長距離競技では、優れたパフォーマンスを発揮する選手は分離方略と連合方略を上手く使い分けていることが多い。痛み、不安、恐怖と如何に付き合うかによってＱＯＬだけでなくパフォーマンスも大きく左右されるのである。

そのいずれでもなく、ある行為をしながらそれに伴う五感を感じ続けることによって、結果的に感情や痛みから自己解放を目指す方法もある。認知行動療法の中で最近注目されているマインドフルネス瞑想がそれである。カバットジン(Kabat-Zinn, 1990)はマインドフルネスを「今ここでの経験に、評価や判断を加えることなく能動的注意を向けること」と定義している。たとえば呼吸をしながら鼻から気管の間の身体感覚に注意を向けて感じてみる。あるいは歩きながら普段は注意していない足の裏の運動感覚に注意を向ける。歩きながら足の裏の感覚などに注意を向けていない状態(マインドレスな状態)から足の裏の感覚に注意を向ける状態(マインドネスな状態）になることによって、ネガティブな認知や感情から心理的距離を取り、感情や痛みと上手く付き合えるようになることを目指すのである。

不安や恐怖などの感情から適切な心理的距離を取るという方法は、認知行動療法以外の多くの心理療法にも見られる特徴である。その中核は本章の中で紹介する漸進性弛緩法や自律訓練法などでも求められる心的構えの変容とからだに根ざした体験の促進である。見方を変えれば、何かに囚われずにあるがままの自己を体験することが重要であるが、それが難しい。フォーカシングの創始者であるジェンドリン（Gendlin, 1966）は第一章で紹介したロジャーズと共同研究をしながら心理治療の重要な要因の一つとして「体験過程」を挙げている。彼は、体験過程とは言語化や概念化をする前の状況で内的・身体的に感じられている体験の流れのことであり、悩みや心理的問題に囚われず体験過程を感じることが自己解放と健康回復に効果的だと指摘している。この体験過程を取り扱うカウンセリング技法がフォーカシングである。しかし、独りで実行するのは難しい。またマインドフルネス瞑想の中では注意の柔軟なコントロールができるようになることが必要である。そのためには、からだに働きかける行為をしながら能動的注意を向ける練習をすることになるが、強い不安や恐怖におののきながら独りで呼吸や動作に注意し続けるのは、やはり難しい。

しかし、少し時間が経って落ち着いてからあったことを振り返りながら書き留めることは独りでもできる。行為しながらその時のからだに注意を向け続け、同時に観察するよりも容易である。日記を思い浮かべていただきたい。夜、その日にあったことを振り返って書く。時間が経っているので忘れていることもあるが、意外と覚えている。時にはその時には気づかなかったことでも、落ち着いてその場面をこころの中に再現して初めて気づくこともある。その行為を繰り返すことによって自分のこころを眺め、感情と適切な心理的距離を取ることが可能になってくる。コツは立派な日記帳ではなく、メモ帳に数行走り書きをする程度に留めることである。感じている内容を修飾せず、生の感情を書き留めることである。そのときに深く考えて論理的に良い文章を書こうなどと思うと、言葉は他者に伝えたがる性質を帯びているので精神内界や自己を眺める感性が鈍る。

可能ならばルーティン化しているセルフケア行動などをメモするとよい。それに身体症状の変化や感情の起伏なども簡単に記しておくと、自分の生活を客観的に眺められるようになる。

私自身がんと診断された初期の頃はあったことや感じたことをただ書き留めていたが、自己治療に専念するようになってさまざまなセルフケア行動に取り組むようになってからは、それらをしたかどうか忘れないようにチェックするために一覧表にまとめるようにした。写真3-1および3-2は手術当日の二〇一四年一二月二二日～二〇一五年一月一〇日のものであり、生死の分かれ目となる時期のものである。自己観察ノート一〇五冊目にあたる。ノートの

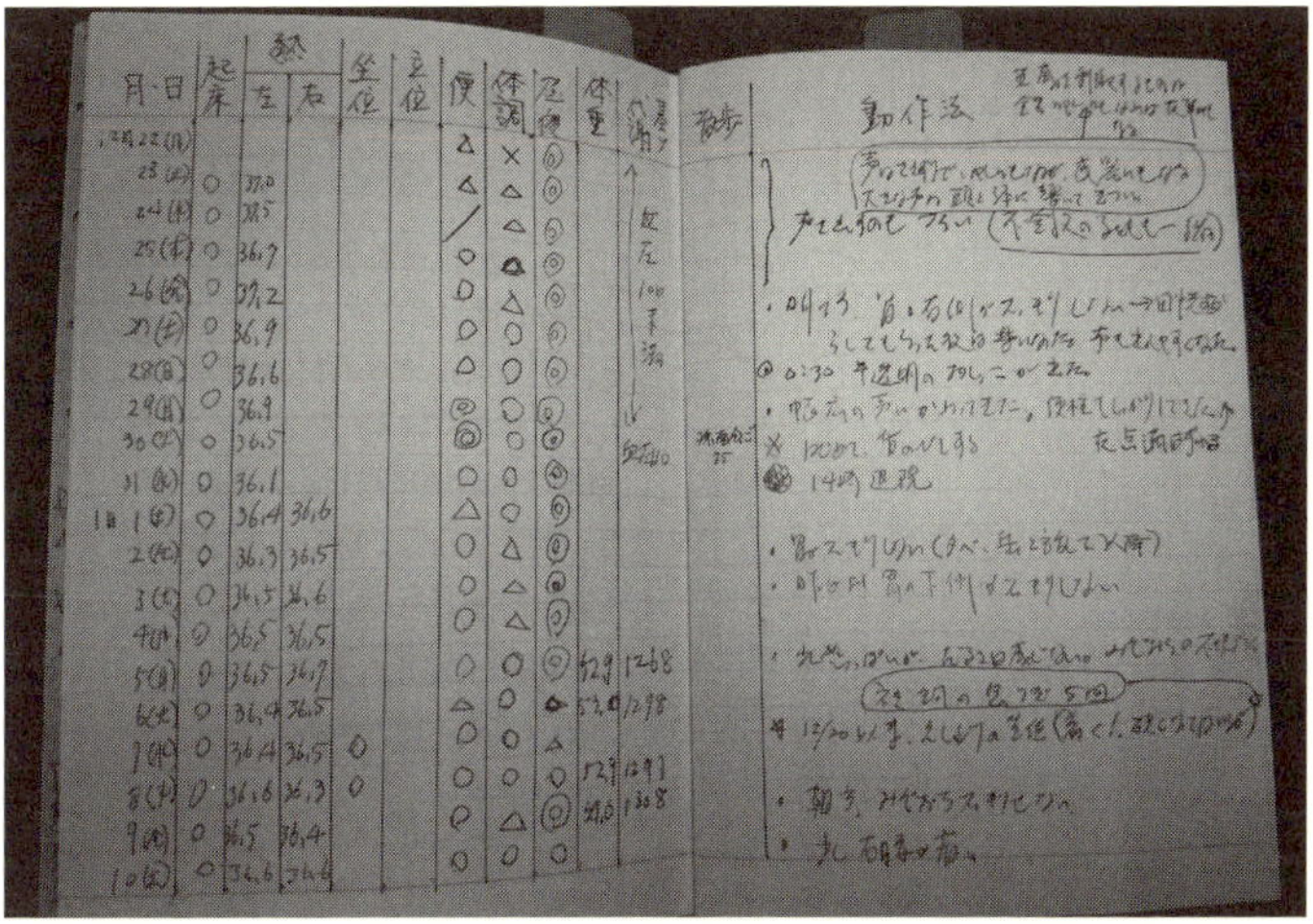

写真3-1　自己観察ノート
（2014年12月22日～2015年1月10日　その1）

一ページ目から三ページ目まではルーティンワークをしたかどうかをチェックできるようにしている。一ページ目は起床（午前五時三〇分）、起床時の体温、一日の排便の調子、体調、体重と生理的観察が続き、さらに漸進性弛緩法→自己暗示→イメージ体験→動作法による坐位訓練（詳細は第一章参照）→朝の散歩など、朝のルーティンワークについて書き込んでいる。実行した内容は〇、しなかったことは×となる。二ページ目は一日の食事、代替医療、スピリチュアルな取り組みを振り返るようにしている。三ページ目は楽しいこと、仕事の内容、特記事項となる。さらに、四ページ目以降は一日の気分や考えたことなどを簡単にメモ

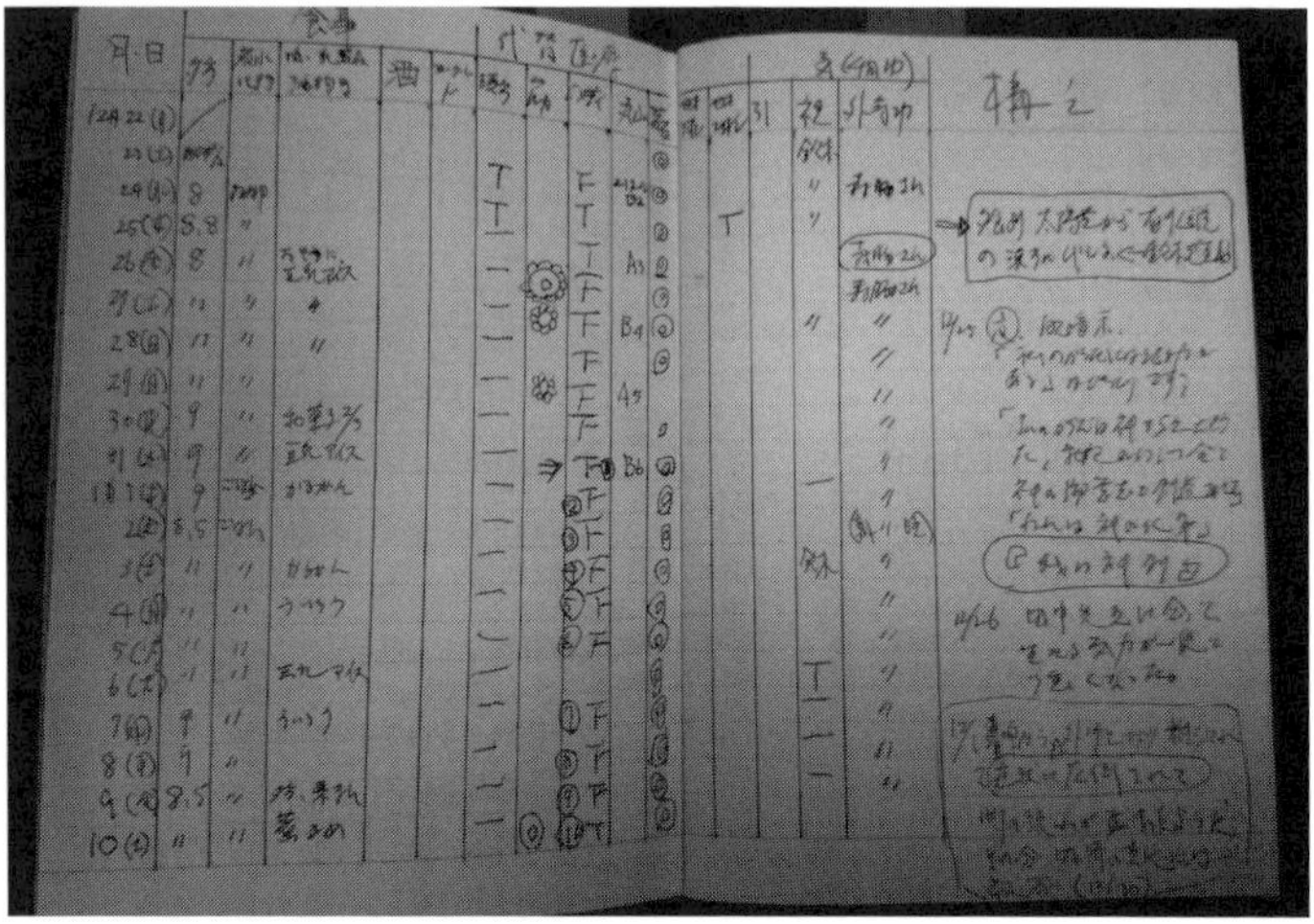

写真 3-2　自己観察ノート
(2014 年 12 月 22 日～ 2015 年 1 月 10 日　その 2)

できるように一日につき一～三ページを割いている。こうした取り組みを六年以上も続けていること自体がマニアックだが、そうしないと感情に飲み込まれてしまいがちになる。

それほどまでに〝がん〟はこころを乱すエネルギーを増幅させやすい。それが自己観察記録をつけることによって規則正しくなり、二〇日間の生活が一目瞭然となる。

写真3-1を見ると一二月二二日の手術当日は体調が悪かったことがわかる。その後の経過の詳細は第二章第四節に記した通りであり、その時はルーティンが完全に崩れていた。それでも書くことによって恐怖や不安に押し流されて自己を

見失うことがないように、〈今、ここ〉の現実に自己をしっかりと繋ぎ留めることができた。

自己観察ノートを六年以上継続してると、四～五日も書かないと一日にメリハリがなくなり、時間の経過にただ流されてしまう。そのため一日の満足感が希薄になってしまいがちになる。それは習慣が乱れたためでもあるが、体験したことに構えが向かず自己を眺めないので、自己体験が希薄になり、何となく落ち着かなくなって漠然とした不安が生じてくるためである。時の流れに身を任せて淡々と生きるのも理想的な生き方のひとつであろうが、凡人はそうはいかない。一日一生のつもりで生活を充実させ、丁寧に自分と向き合うことが不安や恐怖を癒すことになるのである。自己観察記録をつけることは、その拠り所になる。

2　漸進性弛緩法　――がん体験者からトップアスリートまで――

代替医療の先進国アメリカでは抗がん剤の副作用軽減や不眠、不安への対処法として漸進性弛緩法が適用されており、その効果も認められている。漸進性弛緩法をはじめとしたリラクセーション技法は認知行動療法に含まれることもあるが、能野ら（二〇一二）が指摘しているように日本では十分に実践されているとは言い難い。私自身、がんになって多くの病院にかかったが、そういう指導を受ける機会はなかった。がん治療の病院で働いている臨床心理士の数が少ないからなのか、それを適用できる臨床心理士が少ないからなのか詳細はわからないが、いずれにしても残念なことである。

漸進性弛緩法は、心身のリラクセーションを段階的に得るために、ジェイコブソン（Jacobson, 1929）によって開発された自己コントロール法である。彼は身体各部の筋弛緩によって大脳の興奮を低下させ、それによって不安を軽減することができると考え、ストレス緩和や神経症の治療法としてこの技法を開発した。自律訓練法が心理的側面から自己暗示によって心身のリラクセーションをもたらす技法であるとすれば、漸進性弛緩法は身体的側面からリラクセーションをめざす方法である。いずれも第一章で説明した心身相互作用に基づき心身のリラクセーション体験ができるようになっているが、自律訓練法はこころの中にからだのイメージを思い浮かべ、それに対する独特な注意の仕方（受動的注意集中）が求められる。そのため小学生や中学生の中には注意の持続ができず乗りにくい子どももがいる。一方、漸進性弛緩法は現実のからだの緊張感と弛緩感を手がかりにするため、外界や他者に向けられている心的構えをからだや内界に向けやすくさせ、確かなからだの手応えを実感できる。したがって、こころに注意を向け続けることができない子どもだけではなく、常に緊張を強いられている対人援助職や不安・恐怖に駆られて落ち着かないがん患者にも適している。

たとえば子どもに適用する場合には、「嫌だなぁとか、心配だなぁというとき、みんなのからだはどうなりますか？」と尋ね、子どもから〈トイレに行きたくなる〉〈からだがカチコチになる〉〈胸がドキドキする〉などの反応が出たあとで、「からだがカチコチに硬くなるね。からだが硬くなると（たとえば茹でる前のパスタなどを見せながら）このパスタみたいにこうしてちょっと力を加えるだけで、ほらっ、ポキンと折れちゃうね。でも、グニャグニャのパスタは折れないいね。みんなのからだもいつも硬いとポキンと折れてしまうから、時々はグニャグニャのパスタみたいになるといいんだよ」と導き、「みんなの腕を硬いパスタみたいにして……今度はグニャグニャにして……」というように導入を工夫すると、幼稚園児でも楽しい雰囲気の中でリラクセーション体験ができるようになる。

原法では一セッションに約四〇分以上を要するため、「いつでも、どこでも、一人で」気軽に実施するというわけにはいかない。そこで、ここではジェイコブソンの原法をさらに簡便化した成瀬（一九八八）の「自己コントロール法」に基づくリラクセーション法を紹介しよう。カウンセリングの中でクライエントに勧めることもあるし、私自身も実施している。

この方法では各筋群をひとつのまとまったシステムとして捉え、身体部位に力を入れる（緊張）、その状態を保持する、そして力を抜く（弛緩）ということを繰り返しながら、その部位を順番にからだ全体に広げていき、最終的に全身をリラックスできるようにする。手順は以下のようになっている。

①右手（左利きの人は左手に力を入れる↓抜く）
②左手（左利きの人は右手に力を入れる↓抜く）
③右足（左利きの人は左足に力を入れる↓抜く）
④左足（左利きの人は右足に力を入れる↓抜く）
⑤両手（両手同時に力を入れる↓抜く）
⑥両足（両足同時に力を入れる↓抜く）
⑦両手↓両足（両手に力を入れたまま両足同時に力を入れる↓逆の順番で抜く）
⑧両手↓両足↓胸（両手、両足に力を入れたまま背中側で両肩甲骨を寄せるように力を入れる↓逆の順番で抜く）
⑨両手↓両足↓胸↓腰（胸までは⑧と同じように順番に力を入れ、さらに両方の臀部に力を入れ、腰痛がなければ腰を持ち上げるように力を入れる↓逆の順番で抜く）
⑩両手↓両足↓胸↓腰↓顔（腰までは⑨と同じように順番に力を入れ、さらにまぶたを閉じて、奥歯を噛みしめ、唇をきつく閉じるように力を入れる↓逆の順番で抜く）

その際、順番に力を入れて、それとは逆の順番に力を抜いていくようにする。たとえば⑩の場合ならば、仰臥位で掌を床に向けている状態から両手首を背屈するように指先を天井に向けるようにし、両手首は力を入れたままにして、次に両足首を背屈するようにする。そして、最後に顔まで力を入れる。その後、逆の順番で顔から両手首まで力を抜いていくのである。

最初は筋群を緊張させていく感じと弛緩させていく感じを十分に味わうために、仰臥位で安静にして行うと弛緩感を体験しやすい。所要時間は五分から一〇分程度あれば十分である。

その結果は顕著である。初めて漸進性弛緩法を行ったひとでも「からだの力が抜けて軽い、温かい、からだがなんとなく重たいような、それでいてお風呂上りのようなホッとした感じ、なんとなく眠たい感じ、こころが穏やかになって気持ちがいい」など、リラックス感を体験することができる。冒頭で紹介したスピルバーガー等によって開発された状態不安尺度によってその効果を確認すると、実施後に不安が減少することが明らかになっている。またリラクセーション訓練によって免疫機能が高まる（Green & Green, 1987）、酸素消費量が減少する（林・山中、一九九九）など、免疫学的・生理学的効果も認められている。これらはリラクセーション状態によってもたらされる効果であるが、最も重要なことは自分のからだに注意を向け、みずからの主体的努力によってその部位を緊張させ、そして弛緩させていく過程と、その行為にともなう体験である。本来、リラクセーションとはリラックスした状態と、その状態をコントロールする主体的な過程の両方を指し、それを毎日繰り返すことによって心的構えや気持ちの切り替えができるようになる。そうなるとこころとからだが調和し、その状態ではがんに対する不安や恐怖も感じなくなる。日常的に緊張と不安が相関関係にあることが身をもって実感できるようになるので、検査前や検査結果を聴く時など不安を感じたら自然とからだの緊張を抜くようになる。

さらには、実際にからだに力を入れて緩めるということを毎日繰り返しているうちに、心地良い夢うつつの状態で緊張と弛緩を繰り返しているように感じられることが生じてくる。現実的な拘束からこころとからだが解放されて、からだとこころが一体化し、からだの中のイメージが動き始めるのである。そうなると、こころが知的常識から解放されて自由になってくる。

ジェイコブソンは筋骨格筋のリラクセーションが上達すると、意識的にはコントロールが難しい平滑筋まで緩むことを示唆している。日本の心身医学の発展に長年貢献してきた鹿児島大学医学部名誉教授の野添新一先生から聴いた話では、発作を繰り返す冠動脈狭心症の入院患者にリラクセーション訓練を適用したところ重症の発作が軽減し、やがて消失したとのこと。冠動脈血管は平滑筋からできているので、リラクセーション効果によって冠動脈血管が緩み、その結果発作が消失したのだろうということだった。興味深いのは、リラクセーション訓練を中止すると発作が再頻発し、再度訓練を開始すると消失したということだった。同様の効果は重症高血圧症や難治性潰瘍性大腸炎の患者でも顕著だったが、医療の場合は短期間で効果が出る血管拡張手術や薬物療法などが発展したこともあって普及しなかったのではないか、というのが野添教授の見解である。身体的苦痛はひとを不安にして孤立させるが、自分で症状をコントロールできるという体験を通じてからだに向き合う構えと信念が形成されるとしたら、安易に手術や薬を頼らないのもひとつの選択肢として一考の価値があるかもしれない。

仰臥位で緊張感と弛緩感をコントロールできるようになったら、必要に応じて坐位や立位姿勢でも実施可能である。仕事中や乗り物の中ならば坐位姿勢で背もたれに寄りかかって実施することができる。野球選手やプロゴルファーなどトップアスリートは立位姿勢でできるようになると効果的である。ところがプロゴルファーの場合などは優勝がかかった場面でテレビカメラや多くの観客に見られていて、漸進性弛緩法をしている姿を見られること自体が自分の未熟さやスキを露呈するようで恥ずかしいという選手もいる。その時は仰臥位でリラックスできるようになった段階でリラックス状態にぴったりなイメージや無意味な言葉などを思い浮かべるようにする。最初のうちはイメージが定まらない、あるいは言葉が思い浮かばないこともあるが、段々特定のイメージや言葉が決まってくる。毎日それを繰り返しているとリラックスした状態とイメージや無意味な言葉が条件づいてくる。それができるようになったら、練習ラウンドで試して感触を掴んでから本番で試すとよい。たとえば優勝がかかった最終ホールのパッティング動作に入る前に、大地を踏み締めるようにしっかり立った状態でいつものイメージや無意味な言葉をこころの中で浮かべるようにするのである。そうすると、そのイメージや言葉とリラックスした状態が条件づいているので、リラックスしすぎず、かといって過度に緊張することもなく、最適な状態でパッティングに臨めるようになる。肝心なことは大地にしっかり立った状態で適度な緊張感をからだに出しておいてイメージや言葉を思い浮かべることである。言葉の場合は観客が日常的に使うような意味のある言葉ではなく自分にしかわからない言葉を選ぶことである。〈リラックス〉など誰も使う言葉だと、それを観客が発したときに調子が狂ってしまうからである。

坐位、立位姿勢ともに順番は上記のとおりでよいが、立位姿勢の場合は足首の背屈をすると姿勢維持が不安定になるので、踵を地面に着いたままシューズの中で爪先を丸めるように底屈方向に力を入れ、手首も拳を握るように掌屈させるとよい。

病気になって初めて漸進性弛緩法に取り組む場合には、不快感や不安感に圧倒されて緊張感や弛緩感を眺めて味わうということが難しいこともある。その場合は呼吸法を併用すると上手くいくことが多い。まず息を吐ききり、前述した手順でからだに力を入れる動作に合わせて鼻から息を吸い、お腹が程よく大きくなってきたところで、こころの中で〈一、二、三、四……〉とゆっくり数えながら少しの間息を留めて、次に息を吐きながら力を抜くと弛緩感を得やすい。吐く息は鼻でも口からでも良いが、その長さは吸う息よりもの長めにするのがコツである。統合医療で有名なアンドリュー・ワイル（一九九三）は、ヨーガの呼吸法を参考に「吸う・留める・吐く」を四対七対八の割合で実施することを勧めているが、息を数えることが気になって緊張感と弛緩感に注意が向きにくいひとは、厳密に四対七対八など気にせず吐く方が吸うよりも長めになるというぐらいの心持ちで取り組めば十分である。

3　自律訓練法

医療領域で漸進性弛緩法よりも普及しているのが自律訓練法である。シュルツ（Schultz, 1932）は催眠の心理生理学的メカニズムについて研究し、催眠状態がもたらす基本的要因として弛緩が重要であることに気づき、“Das Autogene Training”(自律訓練法)を出版した。その治療法は、弟子のルーテ（Luthe, 1963）の活躍もあり世界的に広まった。自律訓練法の目的は、「内的な弛緩」によって心理生理的な再体制化をはかることであり、単に筋肉的な緊張を除去するのが目的ではない。わが国では精神医学や心身医学の領域でも自律訓練法が適用されているが、この訓練法が「自律神経系の訓練法」と誤解されているむきもある。“autogenic”の語意は、自生的・自発的であり、自律神経系の「自律」は“autonomic”である。もちろん、自律訓練法により、自律神経系の活動に好影響を与えることも事実であるが、この訓練法の最大の特徴はひとの主体性・自発性を自らの努力によって達成する方法であることを忘れてはならない（シュルツ・成瀬、一九六三）。

自律訓練法は、準備段階、標準練習、イメージ練習、特殊練習の四つの部分からなり、中心になるのは標準練習である。標準練習が終了したら、目的によってイメージ練習か特殊練習の二つのコースのいずれかを選択する。学校や集団で行う場合は、標準練習で十分であり、なかでも「重感と温感」の二つをマスターすればよい。

学校やビジネスの世界でもイメージの効果が見直され、よいイメージを浮かべることが成功への秘訣といわれているが、自律訓練法は「念ずれば、実現する」ということをからだで実感できるところが魅力的である。

【準備段階】

①心構え

虚心、持念、留意という三つの心構えがある。虚心とは、公式を早く実現しようときばったり注意したりしないで、ぼんやりと公式にこころを向けていることであり、受動的注意集中ともよばれる。「身体が重たくなる」と積極的に身構えるのではなく、「向こうから自然と重たい感じがやってくる」といった構えである。持念（じねん）とは、絶えず公式をこころの中に維持することであり、留意とは、公式が示す身体部位にこころを焦点化することである。持念も留意も思いのほか難しく途中で眠ってしまうこともあるが、楽しみながら自分の内界を探索するつもりで取り組んでいると次第に体得されてくる。

②練習回数と時間

標準的な方法では「三三九度」と覚えておくとよい。一日、朝、昼、晩と三回行い、一回につき三試行行う。一試行練習を行ったら、しっかりと終了覚醒し、すぐに二試行目を行う。一試行の練習時間ははじめのうちは三〇～六〇秒とし、それ以上長くしない。じっくり長めに味わいと思うひともいるが、慣れないうちはそうする方が受動的注意中、持念、留意もうまくコントロールしやすいのである。

③終了覚醒（消去動作）

一試行練習が終わったら、両腕を強く二～三回屈伸し、深く呼吸し目を開けるという動作を行う。自己催眠を解く動作なのでとても重要である。

【標準練習】

0　安静感：訓練公式「気持ちが（とても）落ち着いている」

1　重たい感じ：訓練公式「右（左）腕が重たい」
2　温かい感じ：訓練公式「右（左）腕が温かい」
3　心臓調整：訓練公式「心臓が静かに規則正しく打っている」
4　呼吸調整：訓練公式「楽に呼吸（いき）をしている」
5　腹部の温感：訓練公式「胃のあたりが温かい」
6　額が冷たい感じ：訓練公式「額が涼しい」

実際の進め方は、以下の通りである。

リラックスした姿勢でゆったり構え、「右腕が重たい。気持ちが落ち着いている。右腕が重たい」とゆっくり一分ほどこころの中で唱え、その後肘の曲げ伸ばしや背伸びという消去動作を必ず行う。これが一試行であり、続けて二試行行う。右腕の重たい感じが出てきたら、「右腕が重たい。気持ちが落ち着いている。左腕が重たい」と公式を付け加えていく。左腕が重たい感じが出てきたら、次に「右腕が重たい。左腕が重たい。両腕が重たい。気持ちが落ち着いている。右足が重たい」と進み、「右腕が重たい。左腕が重たい。両腕が重たい。右足が重たい。左足が重たい。両腕、両足が重たい。気持ちが落ち着いている」と進む。

マスターすると、すぐに感じが出てくるので「両腕が重たい、両足が重たい」と訓練公式1

を「両腕」と簡略にして、訓練公式2を加えていく。すなわち、「両腕が重たい。両足が重たい。右腕が温かい。左腕が温かい」と公式を加えていく。さらに、「両腕が重たい。両足が重たい。両腕が温かい。両足が温かい。心臓が静かに規則正しく打っている」と進む。

公式はわずかでも変えてはならない。たとえば、「右腕が重たくなる」と唱えてはいけない。「重たくなる」というのは「～ねばならない」といった過剰な努力の仕方を連想する。さりげない注意といった受動的注意集中の状態が大切だからである。また、「右手が重たい」も誤りである。「手」というと、手首から先にイメージしてしまう。「腕」は肩の付け根から手指先までである。

喘息、過呼吸、アトピー性皮膚炎、心臓疾患などの症状がある場合は、その器官の公式を唱えないのが原則である。自律訓練法を十分に習得している臨床心理士などの専門家のアドバイスを受けながら進める方がよい。

標準練習を行っていると、筋肉がぴくぴくしたり、笑いたくなったり感情が湧き出てくることがある。これをルーテは自律性解放と呼び、治療上有意義であり、そのまま発散させることがよいとしている。それらはからだに溜まった疲れがからだの外に出ていっていると思うとよい。

自律訓練法実施上の難点は、重感や温感を感じられるまでに時間がかかることである。病気になって初めて自律訓練法に取り組もうとするひとにとっては、二～三カ月経っても重感や温感が得られにくいようでは継続は難しい。まして末期がんで余命宣告を受けたひとの場合は、それどころではない。その点、漸進性弛緩法は直接的にからだの感覚を手がかりにするので取り組みやすい。しかしながら、第一章の中でも触れたサイモントン療法にも通じることだが、「念ずれば実現できる」という体験は不安や恐怖を克服し、信念を持って充実した人生を生きていく上では捨てがたい。

そこでお勧めしたいのが、漸進性弛緩法に引き続いて自己暗示を導入することである。具体的には、漸進性弛緩法によってリラックスした状態を感じながら「両腕、両脚が温かい」という自己暗示を行う。そうすると、自己暗示によって温感もすぐに出るようになる。ここでお断りしておきたいのは、温感を出すことが目的ではなく、こころの働きかけによってからだが変容する体験を味わってほしいのである。それは病に向き合って生きていく信念と心的構えに影響するからである。さらに、温感を感じながらこころとからだが調和して気持ちが良い状態で、意識的かつ現実志向的に外界・他者に向けられている心的構えを緩めることである。それができるようになると、今度は意識的にではなくあるがままのからだにまかせて自分を眺め、受け入れる体験を味わうのである。そうすると意識や常識に囚われずに意識下の自己活動が展開し始めてくる。意識下に深く沈潜する必要はなく、意識下の淵に触れながら意識と意識下の間を揺らぐ体験ができれば十分である。前述のジェンドリンはフォーカシングの中で思い悩んでいる問題の本質を味わい気づくためには、意識下の“edge”（淵）に触れることの治療的意義を指摘している。意識と無意識の境目（edge）、身体と意識の境目（edge）、自己と自己を超える境目（edge）を揺らぎつつ、それらをあるがままに体験することこそが健康を回復するときには重要なのである。境目の状態を維持しつつあるがままの自己を感じようとしている間に、ときには起きているんだか眠ってしまっているんだか区別がつかないこともある。ただ上手くいっているときには覚醒後にからだが楽になって気持ちがよいので、それで良い。これで良いのかどうかなどと深く考えない。

自己暗示後に温感が出るようになったら、温かさを全身で感じて心地良くなったところで、半覚醒状態で「私のからだには治る力がある」という自己暗示を繰り返す。私の場合はがんに侵されたからだに対して不安や恐怖が強かったのでこのような暗示内容にしたが、自分の状況に応じて暗示内容を工夫すると良い。意識しながら暗示を繰り返すと知らず知らずのうちに不安や恐怖心を植え付ける心配があるので、大切なことは、こころとからだが一体となり、意識と意識下を揺らいでいる状態を作り出したところで行うことである。それは意識下に暗示を滑り込ませ、からだに対する信念を形成するためである。実際にこころの中で三度暗示をつぶやくのだが、自己暗示による温感を感じながら眠ってしまっていることもある。ときには漸進性弛緩法によってリラックスした状態で眠っていることもある。そのためこの暗示に一〇分から三〇分間ほど費やすこともあり、漸進性弛緩法から自己暗示が終了するまでに一時間以上かかることも稀ではない。しかし、不安や恐怖に脅かされることなく、快適に生活できるようになるので、毎朝実施している。さらに目覚めかけたら、イメージ法で説明するような特定のイメージを想起するとよい。

4 イメージ法

統合医療やがん治療を行っている医療機関のホームページを開くと、抗がん剤の副作用軽減や治療効果促進のためにリラクセーションと並んでイメージ技法を推奨している画面に行き当たることがある。しかし、その内容までは紹介していないので取り組もうと思ってもどうしてよいかわからない。

イメージとはひとがこころの中に抱く準感覚的なものであり、視覚、聴覚、嗅覚、味覚、触覚、運動感覚に応じてイメージが備わっている。それは感覚的なものとはある程度独立している。たとえば視覚に関わるイメージでは、視覚的に絵のように浮かんでいる場合を視覚イメージといい、その視覚イメージを傍観者的に眺めている場合を観察イメージ、一方、イメージ場面に自らが没入して実際に活動しているかのようにイメージを体験している場合を体験イメージという。そして観察イメージから体験イメージに変化すると視覚だけではなく味覚や触覚や運動感覚の様相を帯びてくる。たとえば梅干しを視覚的に思い浮かべ、その形や色がはっきり見えてきたら、その梅干しを口の中に含んでいるところを想像する。すると、実際に唾液が出てくる。このようにイメージの仕方によってはその様相が変容し、実際にからだの状態まで変化するのである。そのためイメージを活用して心身の問題解決をめざす心理療法が発展し、それはイメージ療法と呼ばれるようになった。

一九九〇年頃からがんや難治性疾患の治療における心理的苦痛や痛みを軽減する目的で、リラクセーション技法に引き続き、誘導イメージを導入した臨床実践研究が散見されるようになってきた（たとえばBaider et al, 1994；Kwekkeboom et al., 2008）。誘導イメージとはセラピストがシナリオを用意していて、それに従ってクライエントがイメージを思い浮かべようとする進め方である。夢もひとのイメージであるが、夢の場合はシナリオがあるわけではなく、イメージが自律的、自発的に展開していくのが特徴である。海外では誘導イメージ技法がいち早く発展し、イメージ中の体験それ自身を中心的治療要因と考えているのが一つの特徴である（たとえばLeuner, 1969）。一方、わが国独自に考案されたイメージ療法の中には「イメイジ・ドラマ法」（増井、一九七二）、「三角イメージ体験法」（藤原、一九八〇）、「壷イメージ法」（田嶌、一九八七）などがあるが、田嶌（一九八七）は成功したイメージ療法の過程を概観し、イメージ内容だけでなく、どのようにイメージが体験されているかという「イメージ体験様式」の重要性を指摘し、その変化過程を五段階に分類した。具体的にはイメージが浮かばない、あるいは浮かんでもすぐ消えてしまう段階（イメージ拒否・イメージ拘束）、浮かんだイメージを傍観者的に眺め、特に感情や身体感覚を感じない段階（イメージ観察）、感情や身体感覚を伴ったイメージに没入しようとするが、その流れに身を任せることができない段階（イメージ直面）、ありありとしたイメージをじっくりと味わおうとする段階（イメージ体験）、そのイメージをゆったりと受け止める段階（イメージ受容）である。さらに、田嶌（一九九〇）はイメージ面接を重ねることにより、外界や他者にもっぱら注意が向いている外界志向的な構えから受容的で探索的な内界・自己志向的構えになることで、イメージとそれを浮かべている自分との間の体験的距離がほとんどなくなり、イメージ体験様式の変化が促進されると指摘している。

実際にイメージ療法を行う場合には、準備段階としてクライエントに呼吸法や漸進性弛緩法などによってリラックスした状態になったことを確認してからイメージ想起を促す。この準備段階のリラクセーションは、緊張感や不安の軽減効果に加えて、心的構えが対象や環境などの外界に向いている状態から自己の精神内界に向かうように促進する効果がある。それ故、漸進性弛緩法や自己暗示によってリラックスしてからイメージを思い浮かべるのである。その効果をおわかりいただくために心身症を患うクライエントのイメージ療法を紹介しよう。

間近に管理職昇進を控え、その準備のために長年慣れ親しんだ不動産会社の営業課から経理課へ移った、四〇歳のA氏と出会った。前年の始めに妻の実家のトラブル（借金負債）に巻き込まれ、その後肩こりや胃痛、集中力低下などに苦しみながらも、それは身体の問題だと考えて新しい仕事に励んでいたA氏だったが、とうとう一二月に胃潰瘍で入院してしまい、退院五日前に入院先の内科医から紹介されて私が非常勤で勤めていた精神科にカウンセリングを受けにきたのは一月だった。

その一週間後、二回目のカウンセリング中に、思い詰めた表情で二月から復職の予定で自宅療養中だが「会社のことばかりが頭に浮かぶ、何か不安でいつも会社のことばかり考えている」と言うA氏に対して、このまま帰せないと判断し、イメージを思い浮かべて気持ちの整理をしてみないかと提案した。ご本人が了解したので、リラックスした状態で、〈侵襲性が低い〉草原を思い浮かべてください。何か浮かんできますよ、無理に思い浮かべようとせず、目の前に自然に浮かんできたら教えて下さい〉と指示し、イメージ療法に入っていった。そのセッションのイメージは、太陽が隠れた暗い空の下、葉も枯れ落ちた樹の下に肩を落として座っている自分の姿が思い浮かび、孤独な感じに覆われて身動きができないでいる場面が出てきた。彼の表情や声の調子などからも非常に苦しく孤独な雰囲気が私にも伝わってきたので、〈周りに人

図 3-1　イメージ療法 1 回目のイメージ内容

か動物が見えますよ〉と伝えて待っていると、可愛い子犬が現れ、「ペロペロなめられて感触がよい」というように落ち着いた状態に変化していったので、今日はここでイメージ想起を終わってよいかを確認した上でイメージ療法を終わった。その後感想を尋ねると、「自分は疲れるのは身体だけかと思っていた。こころも疲れている、孤独な感じがよくわかった」と言い、それまでの不安な気分とは異なった楽な気分になったことを喜んでいた。掲載しているイメージ療法一回目の内容はクライエント自らが自宅に戻ってから思い出して描いたものである。

その後のイメージでは家族との会話（三回目）や食事（四回目）の場面が自発的に浮かび、イメージ終了後に「出口がないような、どうしようもない憂欝感」があって、その憂欝感が後頭部の痛み、肩こり、そして胃潰瘍と関連しているのではないかと内省するようになってきた。さらに、仕事中心の生活で「会社が地殻変動を起こすと、その下で窒息死するしかなかった」自分に気づき始めると、「集中力もついてきて、以前は目に入らなかった新聞の家族欄がしみ込んでくる」し、妻や子どもとも遊ぶようになって、胃潰瘍もよくなってきた。

六回目のカウンセリング中に観音や大仏の話になり、「自分で解決できないことは自然に預けよう、それに囚われてもどうしようもない、きっと観音様や大仏は自然を現したものなんだろう」と語り、その後のイメージ中に住み慣れた町を家族で散歩していると観音像が現れたので、〈胃潰瘍の痛みやそれに関係する気分を観音様に預けようか〉と尋ねると本人も了承したので、足元にあった四つの壺にそれを入れて蓋をして預けることにした。その様子がイメージ療法四回目に示したものである。イメージ終了後「ああこの感じだなぁ」とポツリと語り、放心したように満足した様子であった。

ところが、その後一週間は徐々に調子が悪くなっていき、六回目の来談時にはかなり疲れていた。イメージでは再び観音像が現れたので、壺イメージ療法（田嶌、一九八七）の手順通り

図 3-2　イメージ療法 4 回目のイメージ内容

に、今度は四つの壺にちょっとだけ入ってから入りやすい順に並べかえて、もう一度ひとつずつゆっくり壺の中を味わってもらった。そこでは私からは胃潰瘍やそれに関連することは言わずに待っていると、「イライラして後頭部が重たい感じ」や「ドロドロ、ネバネバした感じ」などの身体感覚を伴う嫌な感じが体験された。その後、私からの提案で嫌な感じを壺の中に残してAさんは壺の外に出て、最後に蓋をしっかりして観音様に預けた。しかし、前回のような満足感はなかったようであった。七回目に来談したときには、六回目の来談時の様子とはまったく異なり、体調も良好とのこと。「精神的なバックボーンができた。今まで積み上げてきたもの、家族や自然が体に満ち溢れている」状態で、「疲れたときには、大きな空や大地、観音様のイメージを想い描いて」、それで楽になるということだった。そして、「生きる枠組みが変わったような気がする」ということで、面接を終了した。

面接経過を要約すると、「生きる枠組みが変わったような気がする」という内省が示すように、それまでの会社（外界・競争）中心だった生き方から自己や家族（内界・親和）の方にも構えを向けられるようになり、イメージそれ自体が自律性を持って展開していく中で、自然と一体化し、自分はその中で活かされているという新たな体験を得て、それを精神的なバックボーンとして自己の中に内在化できた事例である、と言えよう。ここで特筆しておきたいのは、たとえば観音様に胃潰瘍の痛みやそれに関係する気分を預けるというように、単に問題と心理的距離を取るだけでは不十分なこともある。問題と距離を取っているつもりが逃避していることにほかならず、再び問題や症状は再燃することになる。そういう場合は、安心して問題や症状に向き合えるように安全弁として機能する治療的工夫をして問題や症状を体験し直してみることである。田嶌が提案した〝壺〟はクライエントとセラピストにとって安全装置として機能するのである。壺の中に入って、ドロドロやネバネバのように、そういう問題を持っている自分をからだで感じ直してみることが何よりも重要だということである。それは初回のイメージに

図 3-3　イメージ療法 5 回目のイメージ内容

も当てはまる。ただ子犬が出てきただけでは本人も治療者である私も心許なく、ペロペロなめられた感触があったからこそ両者とも安心できたのではないかと思うのである。これはフォーカシングにも通じることであろうが、このような身体感覚を伴う生き生きとした体験の過程もしくは体験上の変化が起こり、その結果としてひとは治癒していくのである。

イメージの治癒効果をおわかりいただけただろうか。私自身はセラピストとしてがんを患うクライエントにイメージ療法を適用するまでには到らず、動作法を適用するケースが多い。というのは、彼らが自分でも気づかないうちに全身を緊張させて不安や恐怖に耐えているからである。しかし、心身症などのクライエントに対してイメージ療法を適用してきた臨床経験から、第一章で取り上げたサイモントン療法のようにがん治療にもイメージが効果的であるということは抵抗なく受け入れることができた。問題はイメージが自律的に展開してこころを脅かす事態が生じないように、セラピストがいなくてもできるように工夫をすることである。そこで自律訓練法のところで述べたように、リラックスした状態でイメージを活用するのである。具体的には、競技スポーツの中で長年実践していた「安心イメージ」を活用するようにした。この方法はリラックスした状態で大好きな場所や安心できる場所を思い浮かべ、浮かんだらその場所に自分がいるところをイメージしてゆっくりしている感覚を体験するのである。この方法を臨床実践の中で活用するようになったのは、二〇〇〇年のシドニーオリンピックで野球チームのスポーツカウンセラーとして帯同したときからである。試合が終わって興奮が持続している選手たちにとってはクーリングダウンが必要なのだが、深夜に試合が終わった場合などはクーリングダウンを行う時間的余裕がないこともある。そこで試合終了後、宿舎に戻るバスの中で安心イメージを浮かべてもらうようにした。選手たちにはからだの緊張が緩和されるだけでなく、こころが落ち着いてくると好評だった。安心イメージではひとは浮かべず、特定の場所や空間に限定した方がよい。ひととの関係は、今は良くても先々で悪くなることもあり、変化するからである。若いアスリートの場合は圧倒的に自分の部屋が多いが、私の場合は大好きな東シナ海の砂浜を思い浮かべるようにしている。以下は、私が毎朝浮かべているイメージ体験の一例である。

（二〇一一年九月七日　朝のイメージ体験）

温感を感じた後、〈私のからだには治る力がある〉という暗示中に、突然光の玉が現れ、鼻から胸に入ってきた。そのまま暗示を続けていると、それが右胸から肝臓に移動し、光とからだが一体になった。しばらくその感覚に浸っていると、うとうとしてきて一瞬起きているのか寝ているのかわからなくなった。

まどろみの中でいつもの海のイメージを浮かべた。そこは実際行ったことのある東シナ海に面した白浜を一望できる小高い丘である。そこから広々とした青い海を眺めていると、砂浜に波が寄せては引いて、また寄せてくる。私は再びまどろみながら海水の中に横たわり下から海面を見上げている。透き通った海水の下、白い砂が波の間に間に差し込む光の陰影に照らし出されて奇麗だ。いつの間にか白い砂と光が一つの玉になって、再び鼻から胸に入ってきた。それがからだ全体を巡り、とても心地良い……。その心地良さに浸りながらいつの間にか眠りに落ちたらしい。目覚めると、久しぶりにからだが生き生きとして気持ちがいい。

ときにはリラックス後に眠ってしまっていて、目覚めたらイメージを思い浮かべる時間がない日もある。あるいは寄せては帰す白波と音だけを楽しんでいる時もある。そうかと思えば、上記のようにイメージが思いもよらぬ方向に展開していくこともある。ときにはネガティブなイメージが出ることもあるが、それもまた楽しい。まれにネガティブなイメージが出ても、それは何かに気づくヒントとなり、後日ネガティブなイメージを中和するようなイメージが浮かぶことが多いからである。こうしたイメージ体験ががんに直接的に影響するかどうかを生理学的に確かめたことはないが、少なくても不安や恐怖とはまったく無縁の生活を送れるようになることは間違いない。さらにありがたいことには、いのちの瀬戸際では危機を救うようなイメージが自発的に発動することが多いことである。

5　動作法

言葉やイメージを媒体とする心理療法に対して、動作法はその名の通り「動作」を媒体とするわが国で生まれた援助法である。

本法のはじまりは、一九六〇年代半ばに九州大学名誉教授成瀬悟策先生を中心とした研究グループによって開発された動作訓練法である。成瀬らは、脳性マヒ者に催眠をかけたところ、催眠がかかっている間だけそれまで動かなかった腕が挙がるようになったという現象に着目し、ひとがからだを動かすというメカニズムは単に生理学的・神経学的なことだけではなく、こころの仕組みが関連していることを見出した。開発当初は肢体不自由の動作改善を主たる目的としていたが、その後精神科領域、心療内科領域、教育領域、スポーツ領域、福祉領域など幅広い領域で適用されるようになった。

ひとが意識的であれ無意識的であれ、からだを動かそうと意図して、それを実現しようと努力した結果生じるのが動作なので、動作はそのひとの在り方そのものであると捉えられる。動作による心理的援助では、そのひとのこころの偏りやこだわりなどによって生じた不調、不自由さは必ず動作に現れるという心身一如の視点から、クライエント自らが動作に現れている不調を確かめ、認識し、自身でその変化・軽減・解消を図って努力・工夫するプロセスが重要になる。そのプロセスでクライエントがそれまでとは違う新しい体験の仕方を獲得できるように、セラピストが動作努力を引き出すように援助することが課題となる。動作を扱うことで心理的問題の原因や過去に遡らずとも現在只今のこころの在り方へ対応することができる。このような観点から行う心理療法を臨床動作法という。私のように独りでこころを落ち着かせ、こころとからだの調和を図り、健康のために行う動作法は健康動作法と呼ばれることもあるが、本著ではセラピストに援助をうける臨床動作法と区別して、動作法と表記する。独りで取り組む動作法の視点を明確にするために、いま少し臨床動作法の説明をしよう。

「臨床動作法＝リラクセーション技法」と短絡的な捉え方をしている臨床心理学関係者もいるが「体が動くようになればいい」「緊張がほぐれてリラックスできればいい」というわけではない。結果的に緊張が弛むことも治療効果を促進するが、クライエントが自身のからだ（自体）に向き合いながら緊張感を自己コントロールし、自由かつ主体的に自体を動かせるようになることが重要なのである。そのためにセラピストはクライエントにとって必要な動作課題を見立て、クライエントの動作努力を引き出すように援助することが肝要なのである。

心理療法の多くはクライエントが語る体験内容やその意味を扱うが、臨床動作法においてはどのような体験の仕方（体験様式）をしているかに着目する。たとえば、痛み体験に対して回避的であるのか、積極的に自助努力をしているのかなどである。動作課題に取り組む中で動作の体験様式が適応的なものに変容すれば、日常生活での対応も適応的になると考えられる。動作の体験様式は動作無視→動作観察→動作直面→動作体験→動作活用という段階に分けられる（山中、二〇一三）が、クライエントがセラピーの中で望ましい動作体験をした場合、それを日常生活でも活用するようになるのが本法の特徴である。生活のすべては動作によってなされるからである。もちろん動作課題達成の過程で、自体感、自体操作感、自己存在感などを感じるようになり、自己理解が深まる。さらにセラピストから適切に動作援助を受けることで、共動作感や共体験によって安心感・安全感、自己効力感などを実感することができる。

以上は臨床動作法の概要であるが、セラピストの援助が受けられなくてもひとりで動作体験に向き合い、それまで感じられなかった新たな体験をすることも可能である。その一例が第一章に記している坐位のリラクセーション課題である。興味のある方は参考にしていただきたい。私は坐位でのリラクセーション後に、さらに片膝立ち課題を行っている。上体を垂直方向に真っすぐに立てたまま、左膝を柔らかいマットかベッドの上に着き、右足を前に出す。そのとき、右膝を中心に右脚がほぼ九〇度になるように右足の位置を決めて、右足踵が浮かないように注意して重心を右足にのせるようにする。そのときに左肩が後方に開かないように注意して、しっかり右足に重心をのせながら、左脚内転筋や右踵を緩めながら股関節を緩める。それができたら、左膝に重心を戻し、今度は脚を入れ替えて右膝を着いて左足を前に出す。そして右足に重心を乗せた時と同じ要領で、左足に重心をのせるのである。交互に二度、三度片膝立ちを行ってバランスを維持していると、こころとからだが一体化して集中してくる。心身ともに覚醒する。それから散歩に行くことになる。

その散歩でも動作法を活用する。散歩は歩きながら外の景色も変わり、気分転換になる。しかも歩いているうちに心拍が上がり、からだ中に血が巡って、次第に息が弾んでくる。その過程で生きているからだを実感できる。がん患者の中には体力がつき、免疫機能を高めるという理由から散歩を行っているひともいる。散歩をしながら左右の足の重心位置を感じてみると、右足の母指丘（ぼしきゅう）の付け根には体重を乗せやすいが、左足のそこには体重を乗せにくい。これは利き足の左右差にかかわらず多くのひとに当てはまることである。そこで左右母指丘に体重をかけることができるように思い切って踏み込んでみる。何度か試しているうちにそれができると、自分の足でしっかり大地を掴みながら歩いているようで心地良い。さらに、少し大股で歩くようにトライしてみると、どちらかの股関節が硬くなっていることに気づく。硬くなっている股関節と反対側の出し足の歩幅が狭くなっていることにも気づくようになる。それに気づいたら強引に出し足を前方に出そうとするのではなく、出し足を前に出しながら硬くなっている股関節の力を抜くように試行錯誤すると、股関節周りが緩んで少しずつ歩幅が広がり、歩くことが楽しくなる。

とはいっても痛みや不快感が強いと、なかなか動作法や散歩ができないこともある。そういう場合は、セラピストの援助による臨床動作法をお勧めしたい。興味がある方は、日本臨床動作学会のホームページ上で臨床動作法を受けられる心理臨床機関が紹介されているので、参考にしていただきたい。また、痛みや抗がん剤による強い不快感に対するセラピストの留意点については、上原・山中（二〇一六）をご参照いただきたい。

6　スピリチュアル体験　――九死に一生を得る体験――

第二章で述べたように大腸がんの手術で使用された薬に対する副作用が強かったため、肝臓に転移したがんについては西洋医学的標準治療を断念し、ライフスタイルの改善、東洋医学、代替医療、食事療法、臨床心理学に基づく自己コントロール法などに取り組んできた。それらが生理学的にも心理学的にも功を奏し、何とか生き存えてきた。特に不安や死の恐怖を鎮めるのに自己コントロール法は効果的だったと確信しているが、それだけでは不十分だと言わざるを得ない。

余命一年を告知された当時は、先の見えない不安や死の恐怖に怯えながら、いかにピンチを乗り越えるかに腐心していたので気づかなかったが、働き盛りの五〇代半ばで余命一年を宣告され、高い治療費に加え、子どもたちの学費も捻出しなければならない身としては、社会的・経済的自立は欠くことができないことだった。がん患者は治療に専念する過程で経済的に困窮することがある。六年間もホリスティック医療に専念し、よくここまで家計を維持できたものだと我ながら感心する。親には心配をかけたくないのでがんのことを内密にしていて経済的支援も受けず、妻と二人で協力して凌いできた。ホリスティック医療が“bio-psycho-social-spiritual”な存在の癒しをめざすことは既に述べたが、社会的な孤立と経済的な破綻は単にsocialな存在次元を脅かすだけではなく、生理心理的危機を増大させる。そういう観点からも仕事ができる人的社会的環境の重要さを痛感し、感謝している。

西洋医学的がん治療の世界では五年生存率が重視される。そういう医学的実情の中で六年以上も生きられたのだから、ありがたい。二〇一四年一二月に閉塞性黄疸で死にかけたが、抗がん剤の副作用で辛い思いをすることもなく、大学へ行くと大学院生から教えを請われる。しかもこころとからだの関係に関する思索が深まり、そのことについて臨床心理士をめざす若い人に講義できるのは楽しい。彼らも真剣に聴いてくれる。三〇年の教員生活でこんなに熱心に受講する院生は稀である。いい仕事に就いたと、がんになってつくづく思うようになった。こころ暖かい同僚は、「先生が病と戦いながらも教鞭をとっている姿に院生が触れること自体が、臨床心理士を目指す院生にとって最高の教育です」と言ってくれる。その言葉の優しさと仕事上の配慮が身に沁みる。

六年間の自己治療の歩みを振り返ると、そういう社会的繋がりと経済的自立を背景にして、家族に支えられ、西洋医学、東洋医学、食事療法、心理療法だけではなく、さまざまな出会いに救われてきた。またスピリチュアル体験を重ねることによって目に見えない世界を信じるようになり、癒されてきた。がんを告知された当初はスピリチュアルな世界も信じていなかった。

祈ることもなかった。それが次第に目に見えない世界を実感する中で、祈りはしないが大いなる力の存在を意識するようになった。特に、いのちの瀬戸際で九死に一生を得る体験を重ねる内に、目には見えないが何か大いなる力を信じるようになり、毎朝手を合わせ家内安全と病気平癒を祈るようになってきた。

ユング心理学やトランスパーソナル心理学を除くと、臨床心理学は科学を重視するあまり宗教性とかスピリチュアルなものを排除してきたという流れがある。大学院教育においてもその傾向は同様で、専門職大学院教授の私がそういうことを書くと、臨床心理学の科学性に抵触するのではないかと考えて控えてきた。しかし、これだけ不思議な体験をしてくると、スピリチュアリティに関して触れざるを得ないと思うようになってきた。そんな中で宗教心理学的にも少し考察をしたいという考えが湧いてきて、そういう時期に日本の教派神道連合会という団体から私に講演依頼がきた。私のがん体験を話してほしいという依頼だった。「私の前は誰が講演したの？」と尋ねると、東大の宗教学の教授が講演したというので、東大の教授も講演するような団体なら得るものも大きいのではない考え、講演を引き受けることにした。その講演が二〇一四年一二月一一日に開催され、それをきっかけに宗教性の問題も考え始めた。たとえばひとのこころを癒すために臨床心理学は科学であろうとしてきたが、ひとの実際の生活に触れていくと臨床心理学以外にもいろいろな文化や社会的つながりの中でひとは癒されている。臨床心理学や医学が無視してきた、宗教性やスピリチュアリティも含めてひとはいかに癒されているのかについて検討するために、ここで〈お迎え体験〉や私自身の九死に一生を得た体験を紹介しよう。

岡部健医師という在宅ケアに取り組まれた方を紹介した本（『看取り先生の遺言』奥野修司著、二〇一三）によると、もともと彼は外科の医師で切って治せばいい、末期の患者が痛みを訴えても薬で治めればいいのだという考えの医師だったらしい。それが、〈お迎え体験〉を在宅の患者さんから聴かされて変わっていったとのこと。それはどういう体験かというと、いよいよ末期で本当に死が近くなってきた患者が、もう既に亡くなっている自分のご両親であったり、幼なじみであったり、あるいはペットであったり、自分と親しかった人たちの誰かがある日自分のもとにやって来て、その姿を見たときに患者さんたちは凄く幸せな気持ちになり、その瞬間から割と多くの人が穏やかに、死に対して心の準備をしていくようになるらしいというのである。それまでは死に対して怒ったり、受け入れられなくて恐怖したり、次第に受け入れようとしていくという段階を踏んでいくが、お迎え体験をしたひとは、その時点から何となく「ああ、死って悪くないかも」と思うようになる。そういうお迎え体験をした患者が岡部医師に「先生、死んだばあちゃんが来たわ」と言って、「俺も近いね」と言うらしい。何回もそういうお迎え体験を聴いている中で、これはたとえば合理的に説明しようと思えばそれは単なる夢か、妄想だったり幻想だったりというものを見ているのだろうと説明することもできるが、岡部医師はそうしなかった。それをしてしまうと、死に向かって得体のしれない、誰も教えてくれない、死に向かう道への過程で患者を孤立させ、スピリチュアル体験をばっさり切ってしまうことになる。それは最後に患者さんが頑張って豊かな死に向かって歩んでいく道を切ってしまうのではないかと、岡部医師は考えるようになった。さらに岡部医師を驚かせたのは、患者の家族に聴き取り調査を行ったところ、看取った二〇〇〇人の内の半数がお迎え体験をしていたという事実だった。

臨床心理学的にはお迎え体験を内的な活動が賦活されてそういうイメージが湧いてきたと解釈することも可能だが、もしかすると内的なイメージが賦活されてそういうものが出てきただけではなくて、本当にそういう世界、スピリチュアルな世界があるのではないか。そう思うとその後の生活体験が異なってくる。それは当人だけではなく、医療当事者としての専門性にも影響する。私自身は、そういうスピリチュアルな世界、サムシング・グレート（something great）とでも呼んだ方が誤解が少なくていいのかもしれないが、そういう世界があるのではないかと考えるようになってきた。従来のイメージ療法での内的なイメージの賦活だけではなく、日本語でいう霊的な世界あるいは魂も含めたスピリチュアルな世界、目に見えない世界があると思わざるを得ない体験をしてきた。

私自身の体験をいくつか挙げると、二〇一四年一二月中旬に突然黄疸症状が出た。閉塞性黄疸という医学的診断名だった。一二月一一日まではぴんぴんして先ほどの教派神道連合会で講演をするほど元気だったのに、急に胆管が詰まって胆汁が流れず黄疸になり、一気にそれが進んでしまった。痒さとひどい二日酔いみたいな体調が一週間続いた。それに伴って、軽い意識の混濁を起こしかけた。そのまま放っておくと昏睡状態に陥り死んでいくらしい。そのため一二月二二日に胆管にステント（管）を入れて胆管を広げる手術を受けた。通常はステントを入れたら胆汁がすぐ流れるのだが、そのときは流れなかった。消化器内科の専門医や主治医からは、「ステントを入れると胆汁は流れるが、流れないので経験上もう助かりません。意識があるうちに家族を集めた方がいい」と妻は言われた。それで妻は例の神主の鈴木氏に電話すると鈴木氏がその日の夕方に見舞いに来られた。私は意識障害を起こしているが、来られたことだけは覚えている。

ここから先の話は信じるかどうかだが、私は意識が混濁していて覚えていない。いずれも妻から聴いた話である。鈴木氏は私の手首を握り、妻に「大丈夫」と言ったそうだ。「ステントを入れている先の胆管がぺたりとなっていて、その先の胆汁がゼリー状に固まっているから流れないけど、この点滴をしていると、手術してから五時間後からぽたりぽたりと流れ出して、三日後から黄疸が引き始めるから」と、仰ったらしい。それから鈴木氏が私の体を抱いて、右上腹部から右側背中を一生懸命マッサージしたらしい。私は意識がもうろうとしていたのでマッサージをしてもらったことさえ記憶にない。

鈴木氏の施術後、私が「野菜ジュースが飲みたい」と言ったので医師に告げると、〈胆汁が流れない状態だと水も飲めなくなるので〉主治医は信じられないという表情で、気のせいだと思うが（どうせ臨終も近いから）欲しがるものは上げてくださいという許可を得てジュースを用意したところ、美味しそうに飲み干してスッと眠ったとのことだった。翌朝、空腹を訴えたのでお粥を出してもらうと、それも食べたとのこと。その後、神様のお告げ通り一二月二五日から黄疸が引き始め、一二月三一日に退院するに到った。しかし、危険な状態であることに変わりはなく、主治医からはそんなに長く生きられないので最後の正月になるだろうから楽しんでくださいと、退院時に妻は医師から告げられた。

以上は、その半年後に妻から聴いた話である。私がはっきり覚えているのは、一二月二五日の早朝、いつものように〈私のからだには治る力がある〉という自己暗示中に、ふと〈我は神なり〉という暗示が浮かんだことだ。私のからだは母が与えてくれて、元々は神様が与えてくれた。細胞のひとつ、ひとつ、すべてが神の御意思による創造の賜物であり、私は神の化身なのだと強く感じた。それは初めて体験する、鮮烈な感覚だった。そして、その日を境に胆汁が流れ始めた。

医師は臨終に備えて家族を集めろと言ったが、妻は神のお告げに従った。そうすると、神主の鈴木氏が言ったとおりになって、胆汁が三日後に流れ出したのである。それが直近の九死に一生を得た体験である。バイオロジカルなものだけを見ている医師の言うとおりに判断したらおそらく私は死んでいたかもしれないが、ご先祖様も含めてスピリチュアルなものに通じている祈りの専門家、鈴木氏がチューニングしてくれて、その通りにしたら生き返った。

第二章で詳しく述べたが、そもそもがんが見つかったのは二〇〇九年四月だったが、検査入院をしたきっかけは先ほどの鈴木氏から妻が前年の九月頃より「あなたの御主人には何か悪い病気があるから病院に連れて行って」と言われ続けていたからであった。二〇〇九年一月、霧島東神社境内にあるお不動様の前でお祈りをしていた数人の中にいた妻に「ご主人を病院に連れて行って」とお不動様が語りかけているからと言うのだそうだ。そう言われたのは三回目だったので、そこまで言われるならと早速四月一日に検査入院の予約を入れた。実はからだの不調がないわけではなかった。研究科長のときに病気をしたら研究科に迷惑をかけるので、その三年前から毎月病院に行って定期検診を受けていたが、病院では異常が発見されなかった。しかし二〇〇八年一〇月頃から手足が冷えて体調も悪かった。検査入院をすると四月二日にがんが発見された。結局大腸がんの診断で、しかも肝臓に転移していた。つまり、神主の鈴木氏の言う通りにして他の病院に行くと、がんが見つかった。たまたまにしても、神様のお告げをチューニングする鈴木氏の勧めによってがんが発見されたのは、紛れもない事実であった。そういう体験がその後も続いて、何度も九死に一生を得る体験をした。その内容については長くなるので割愛するが、手術前にお尋ねするると、実際の結果もその通りだった。また別の機会に、鈴木氏にお尋ねの最中に亡くなった母の魂が出てきて、母しか知らないはずのヘソクリの場所を母が告げたという。その場所は私の実家であり、鈴木氏は私の実家に行ったこともなければ、家の間取りや家具の配置など知る由もない。後日、妻が実家に戻り、それを確認すると確かにその場所にヘソクリがあった。そういうスピリチュアル体験を重ねると、次第にスピリチュアルな世界を信じるようになり、死の恐怖は薄れていった。そして、それまで以上にいのちの不思議さと躍動を実感できるようになった。

このようなスピリチュアル体験を記している臨床心理学者はいないか気になって調べたところ、かのロジャーズが自らのスピリチュアル体験を晩年に出版した本（Rogers, 1980）の中に記していた。彼の奥さんが亡くなったお姉さんの魂と交信したいというのでロジャーズも一緒に霊媒師のところへ行ったところ、奥さんと亡くなったお姉さんしか知らないことを霊媒師がどんどん言語化したという。それは二人を除いて誰も知りようもないことだったので、ロジャーズは亡くなったお姉さんと霊媒師が交信できていることは間違いなく、そういうスピリチュアルな世界があるということを記している。その体験が影響しているかどうかは定かではないが、その前後から彼は“presence”という新しいカウンセリングの治療要因を表明した。“presence”とはそこにセラピストがいるという存在感によって、クライエントの心が穏やかになるような在り方を示唆している。それはロジャーズが亡くなったお姉さんの〈存在〉を実感しているスピリチュアルな体験にも通じるものかもしれないが、定かではない。

そして、スピリチュアル体験は私にも大きな変化をもたらした。そのことについては、次章で触れることにしよう。

第四章　がん体験によるこころの変容

1　スピリチュアル体験がもたらす構えの変容

スピリチュアル体験は私に大きな心的構えの変容をもたらした。心的構えとは生きるための準備状態（山中、二〇一三）だと思っていただきたい。使い慣れた眼鏡から新調したものに掛け替えたときに、違和感を感じたり、ひどい場合は世の中が歪んで見えたりすることがある。そのようなことが生じるのは、眼鏡を通して見た世界に順応し、いつのまにかその使い慣れた眼鏡が世界を見るための基本的な枠組みになってしまっているからである。物の見え方に限らず、われわれは日常生活全般にわたって、自分なりの枠組みを持って生活している。今そうした枠組みを〝心的構え〟と呼ぶと、その構えに不都合がある場合には、眼鏡のように数日もすれば慣れてくるという代物でもなく、自分一人の力ではどうしようもないことが多いだけに厄介である。それは生活の中のありとあらゆる場面に影響し、物の見方、感じ方、生き方などを

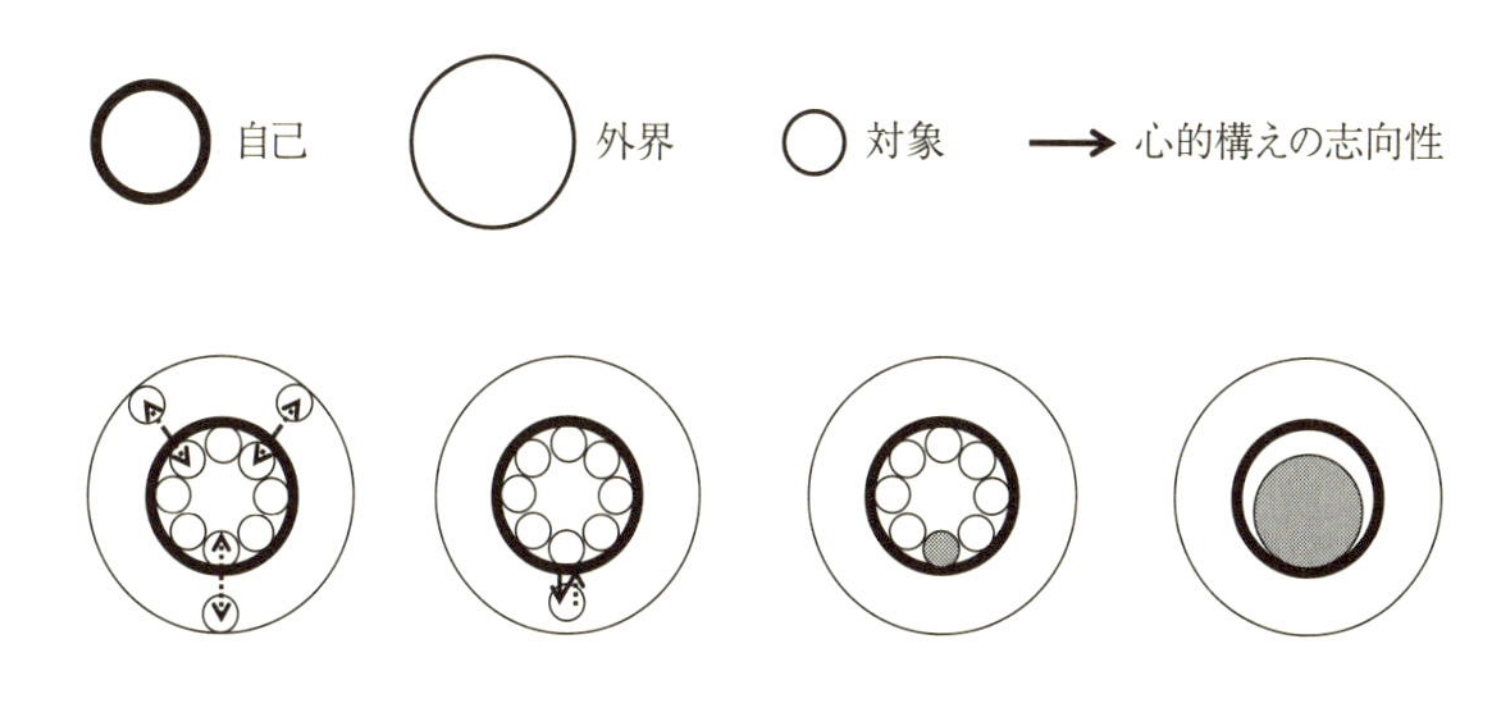

図 4-1　心的構えと体験の構造（山中、2013）

左右する。二人で同じ物を見ても見え方が違うし、同じ話をしていても記憶されていく内容が異なることもある。そのひと固有の心的構えがあるからである。今あえてそれを図示すると図4-1のようになる。

体験の主体を自己とすると、自己は自分のからだや外界・他者などの対象に対して固有な体験をし、それによって自己を感じ認識することができる。そうしたからだや外界・他者に対する体験を包括するものとして自己の体験世界を捉えると、その体験世界の中で、自己は必要に応じて自由に各々の対象に対して心的構えを向け、その心的構えが向けられた対象と相互に作用して生き生きとした体験をする。このようにして能動的な自己活動を展開できる状態が「自由な状態」である。それに対して、特定の対象に心的構えが固定され、他の対象に心的構えを向けられない状態が「心的構えの固定化」である。それがさらに強固になると、対象に対する感じ方や認識の仕方も固定されてくる。その状態が「心的構えの固着化」であり、外界・他者志向的構えが強固になった状態がこれにあたる。心理学的には、心的構えは種々の方法で広範囲に亘って研究され、一九五〇年前後に知覚、思考、パーソナリティなどの多くの分野おいて使用されてきたが、その概念は多義的である。たとえばウッドワース（Woodworth, 1954）は心的構えを注意選択を含む準備因子と見なし、感覚的構え、状況的構え、目標的構えのような特別な心的構えの存在を理論化しようとした。ルウィン（Lewin, 1939）の決定傾向性の概念は、心的構えの概念に通じるものであった。彼によれば、満足を得ようとする主体（たとえば人間）は、まず決定傾向を必要として、その後に満足を得る行為を行う。ルウィンの特徴は、主体の認知は、生理的欲求、価値的態度などの相互作用の中で決定傾向性（心的構え）によって行われると強調したことである。また、ブルーナーら（Bruner, 1971）は、先行経験が知覚の心的構えを変え、それによって知覚判断が変わることを示した。彼らは、アルファベットの文字系列を呈示した被験者に「B」とも「13」とも見える刺激図形を短時間呈示した時に、多くの被験者がBと同定し、直前に数字の系列を見せられていた被験者の多くが同様の刺激図形に対して13と見なすことを示し、心的構えの影響を示した。つまり心的構えという概念は一時的な準備状態をさし、先行経験、動機づけ、課題によって引き起こされた認知的

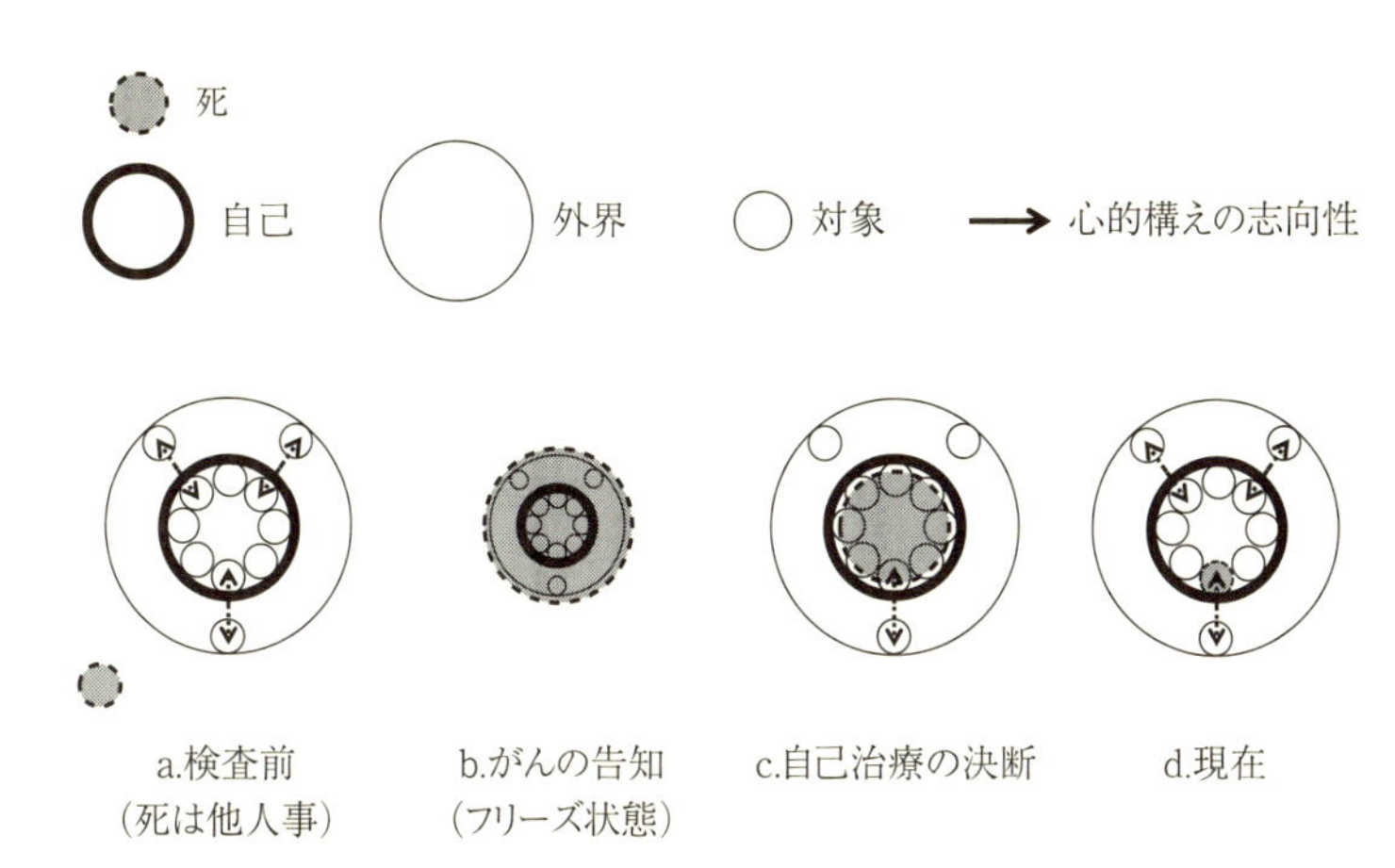

図 4-2　がん体験と心的構えの変容

傾向や反応傾向を示すが、習慣や態度などとの区別は明確ではない。このように従来は知覚や認知に関する実験研究によって心的構えが検討されていたが、近年は臨床心理学の中でもその重要性が指摘されるようになってきた。心的構えはカウンセリングやイメージトレーニングの中において、その成功を左右する重要な概念である。

　がん発見直後は、死は他人事で死に対する構えもできていなかった。それががんを告知された途端に、「がん＝死」という先入観があったので私の構えは図4－2（b）のようにフリーズした。それが一年経ち、二年ながらえる間にひとは死ぬもの、いずれ私も死ぬと思えるようになって、死がこころの中に静かに収まってきた（図4－2の（d））。それに伴って、死の恐怖が収

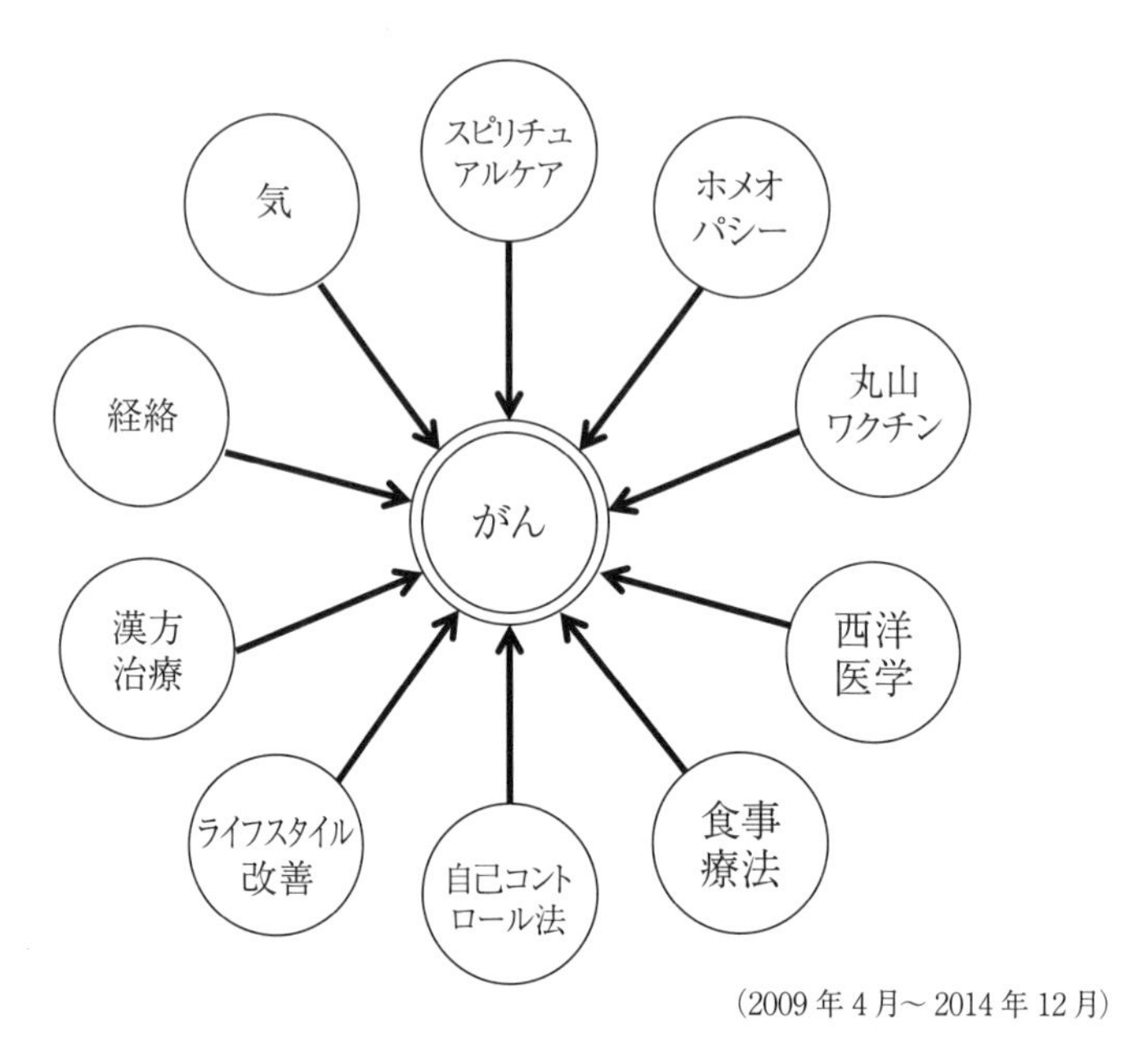

図4-3　閉塞性黄疸になる前のホリスティック・アプローチ

まった。そうすると生が輝きはじめ、毎朝の散歩が嬉しくて、食事もおいしくなった。妻と旅行をし、子ども達と屋久島や白馬岳にもチャレンジできた。その辺りのことは二章で詳しく書いているので参考にしていただきたい。

ところが、九死に一生を得るスピリチュアル体験をしたことによって、心的構えが柔軟になっていたと思っていたが、それはやはりがんを中心としたものだったことに気づいた。ホリスティック医療に基づく自己医療の道をめざして、さまざまな治療法と出会った。西洋医学に限らず、東洋医学、食

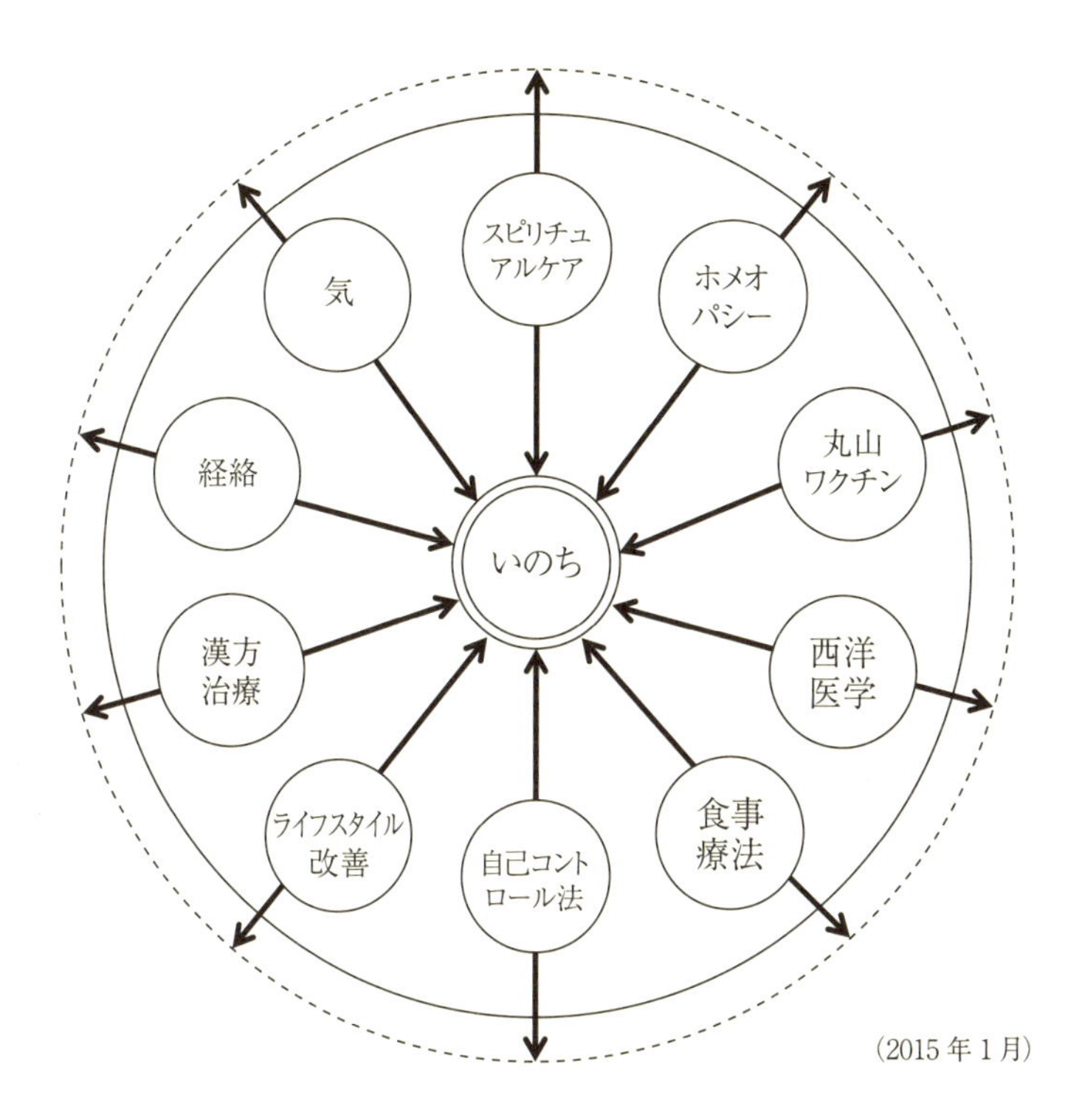

図4-4　九死に一生を得る体験後のホリスティック・アプローチ

事療法、心理療法、丸山ワクチン、ホメオパシーを試してきたが、それは常にがんと共存するためだと自分に言い聞かせてきた。しかし、生活の中心にはがんがあり、強迫的ではないにしろがんに対して構えられていた。それを示したのが図4-3である。

それがスピリチュアル体験を重ねることによって、すべての治療法にはそれを施す特定のひとが居て、その専門家に出会えたからこそ、最高の治療を受けられる。それを図示した物が図4-4である。専門家を私に引き合わせたのは常に妻だったので治療法を実線でつないでいる。そして、その専門家に出会えた偶然性はすべて大いなる力、あるいは神によって準備されていたものではないかと思うようになったので外側を大きな点線で囲っている。そう考えると、出会いのひとつひとつがありがたいし、その背後にあるスピリチュアリティを感じざるを得ない。がんが中心ではなく、私が中心なのである。私のいのちは、大いなる〝つながり〟の中で生かされて、生きている。すべてはそのように思われる。そうすると、気づかない間にがんに対する強迫的構えが薄れ、こころが穏やかになってきた。死に怯えることもなくなった。もちろん体験したことがない不快感や痛みを感じたときには、この不快感や痛みはいつまで続くのだろうと思うこともあるが、それ自体は生老病死の過程で自然なことだろうと受け止めている。

2　心的構えによるがんの治療効果

認知・情動・行動・生理がそれぞれ影響しあっているということについては第一章で述べたが、海外では認知ががんに影響するという研究成果が発表されている。イギリスのキングス・

カレッジ病院では乳がんの患者の気持ちの持ち方が生きていくことにいかに影響するかを調べた（Pettingale et al., 1985）。乳がん手術から三カ月目で状態が同じ患者の心理状態をチェックして、がんに対する構えを四通りに分類した。がんに負けないという闘争心を持って生きるひと。それから、私はがんじゃないと、医師の診断に対して拒否的態度を取るひと。一方で、冷静にがんであること受け止めていくひと。それから絶望していくひと。事前に四通りに分類されたひとたちの生存年数を一三年後までずっと調べ続けた。どういう構えが生存に影響するかしないのか、興味を駆り立てられる研究である。最も長生きしたひとの割合が高いグループは、闘争心を持ってがんと戦うというファイティング・スピリットの構えのひとたちだった。一方、同じ状況でも絶望する、気持ちが滅入ってしまうグループのひとは、早く亡くなっていくことがわかった。では、二番目に長く生きるのは否認かそれとも冷静にがんを受け止めるひとだろうか。これを日本人に問うと、私の経験では圧倒的に冷静にがんを受け止めると答えるひとが多い。ところが冷静に受容していくひとは割りと早く死に至る。面白いことに、二番目に長生きするのは否認するひとだった。「医者はがんと言うが、私はがんじゃない。だからいらん世話を焼くな」こういうタイプのひとは、田舎に行くと意外と多い。鹿児島県のある地方都市の医師会主催の市民向け講演会に呼ばれてがんに向き合う心的構えの話をした時に、ある病院から質問を受けたことがある。理解不能ながん患者もいるものだという話で、院長にどんなひとかを尋ねたら、大学病院で主治医と大喧嘩をして帰ってきたがん患者が、死なないんですという。何故喧嘩したのかを聞いたら、MRIを撮る時に煙突のような長い筒に入れられた。造影中に頭にガンガン音が響いて、しかも手足が冷える。それだけでもストレスなのに、その高齢の男性は耳が遠かった。耳が遠いからマイクで伝わってくる声が何を言っているかわからなかった。MRIの中は冷たいし、イライラして「ここから出してくれ」と大声を出して暴れ始めた。MRIから出た後も怒りが収まらずに不穏な状態が続いたので、一時的に拘束衣まで着せられた。その後も医師や看護師の言うことを聴かず、最後には自分は病気ではないと主張して病院を勝手に退院した。それ以来、その人は病院に行かなくなった。しかし、ずーっと生きている。医学の常識からすると、生きるはずがない。そのひとは典型的な否認タイプかもしれない。田舎の高齢のがん患者のなかにはこういうひとが意外にいるというお話だった。俺はがんじゃないと否認したひとの中には、自らそのように思い込んでがんの恐怖から自らを解き放っていくという心理規制が働くのかもしれないが、それについては言及されていない。しかし、この研究結果から、一番は闘争心、二番目に長生きするのは否認。三番目は冷静に受容していく。四番目が絶望感という事実が示された。これはイギリスのデータであり、日本人はイギリスのようにはならないかもしれない。文化も違う。

ヨーロッパは対立構造の枠組みが明確で抗争に勝った側は破れた側を徹底的に排除する。日本人は対立関係にある相手でも、相手の良いところを認めて共存していくような行動をとる民族と言っても良いかもしれない。江戸時代のことを考えると、武士は江戸にいて、貴族は京都にいる。そして武士は貴族を滅ぼすことはせず貴族社会を尊重し、天皇家を中心とする貴族は武士社会を立てていく。それまでは主従関係で貴族が武士を支配する関係が成立していた。ところが武士の社会になって段々と住み分けていく。日本人は対立する相手を否定して徹底的に葬り去るような行動をとるのではなく、敵対関係にあった相手でも程よいところで許して生かしていく、そういう行動様式に価値を置く独自の文化を築いてきた。その独自の文化的価値観が育まれる過程でわれわれの精神構造の中にも敵対していた相手とも最終的には相和することを善とする態度が育まれてきたのではないだろうか。その辺りの日本人の精神構造については河合隼雄の『中空構造日本の深層』に詳しく書かれているが、日本人は自分のからだに在る対象とは闘争心を持つよりも、何か相和しながら生きていくのが性に合っているのかもしれない。

私自身は、臨床心理学を専門にしていて、自分の中にできた異物であるはずのがんも自分の一部であり、がんは自分の生き方が作ったものというように捉えた。がんがわかって六年以上経った今でも、自分の生き方がからだにストレスを与え、がん細胞を成長させてしまったと考えている。そうすると、無理な生き方の結果としてできたがんは、私の悪癖の現れだから、手術できる物は取り除き、そこから生き方や行動様式を変えていくことが大切なのではないかと思う。

その後は自分のからだを傷つけて自分と対立する治療は、あんまり自分の構えや生き方と合っていないという気持ちがして、「がんちゃん、お利口だから大人しくしていてね」という態度でがんに向き合ってきた。毎朝の瞑想後に、肋骨の端から少しだけ腫れて感じられる肝臓に転移したがんの部位を撫ぜながら、そう語りかけるようにしている。そして、丁寧に丁寧に与えられたいのちを愛おしむように自分のからだを動かして日々の生活を送っている。あえて戦うということでいうなら、自分の古い生き方に戻ることとは戦うという態度である。

自分でもがんと生きてきた六年の間に少しずつこころが穏やかになってきたと感じるが、昔はハングリー精神による上昇志向が強くて、高い目標を設定して強迫的に頑張っていた。育ちによる強迫傾向に加え、能力主義が導入され始めた大学環境に過剰適応して地位や名誉などいろいろな物を手に入れようとしてきた。臨床心理士として初めてオリンピックに行き、教授に昇格し、新しい組織作りを託された。新研究科設置と同時に研究科長に選出され、今度は文部科学省の競争的資金を得て、臨床心理士養成のために新しい研究に着手した。その時々を自分なりに一生懸命に生きてきたのだが、上へ上へと高見を目指し、ハングリー精神の固まりのような生き方をしてきた。それががん細胞を成長させた一番大きな原因だったのだろう。だから、そういう生き方は止めた。止めると決めたが、それでも時々その古い生き方に戻りそうになっている自分に気づきハッとすることが一度ならずあった。古い自分を捨てがたいと痛感するたびに、最大の敵は自分の欲であり、欲の塊である古い生き方に戻ることと戦うのだと意識してきた。今となってはそれにも慣れてきた。未だに辛い戦いは、甘い食べ物である。甘い物に対する欲求は強い。精白糖を使ったお菓子であっても、晴れの場所で出された物はいただくこともあるが、普段は甘いお菓子は食べないように心がけている。最近は、日本でも精白糖の摂り過ぎはがんに良くないと言われるようになってきたが、アメリカではがんの患者は絶対に精白糖を食べてはいけないと指摘している書物も多い。ＰＥＴという検査がある。検査前に、まず糖を注射する。糖をからだに入れて三〇分位したら、がんがあると糖を吸収する。それを写すと、色が付いてがんが映し出される。ということは、がんがそれくらい糖を好きだと言う性質を利用した検査だとわかる。しかし、日本では精白糖を食べるなとは声高には言わない。入院していても、甘い食べ物がよく出てくる。しかし、いったん精白糖はがんの栄養になるということがわかると、甘いものは食べられない。だから甘いものを食べたい気持ちとの戦いになる。しかし、がんとは戦わない。がんとは仲良くしていくつもりで相和していく。「がん＝死」との戦いではなく、死を内包した生と調和して生きる構えでがんと向き合うと良いのではないだろうか。

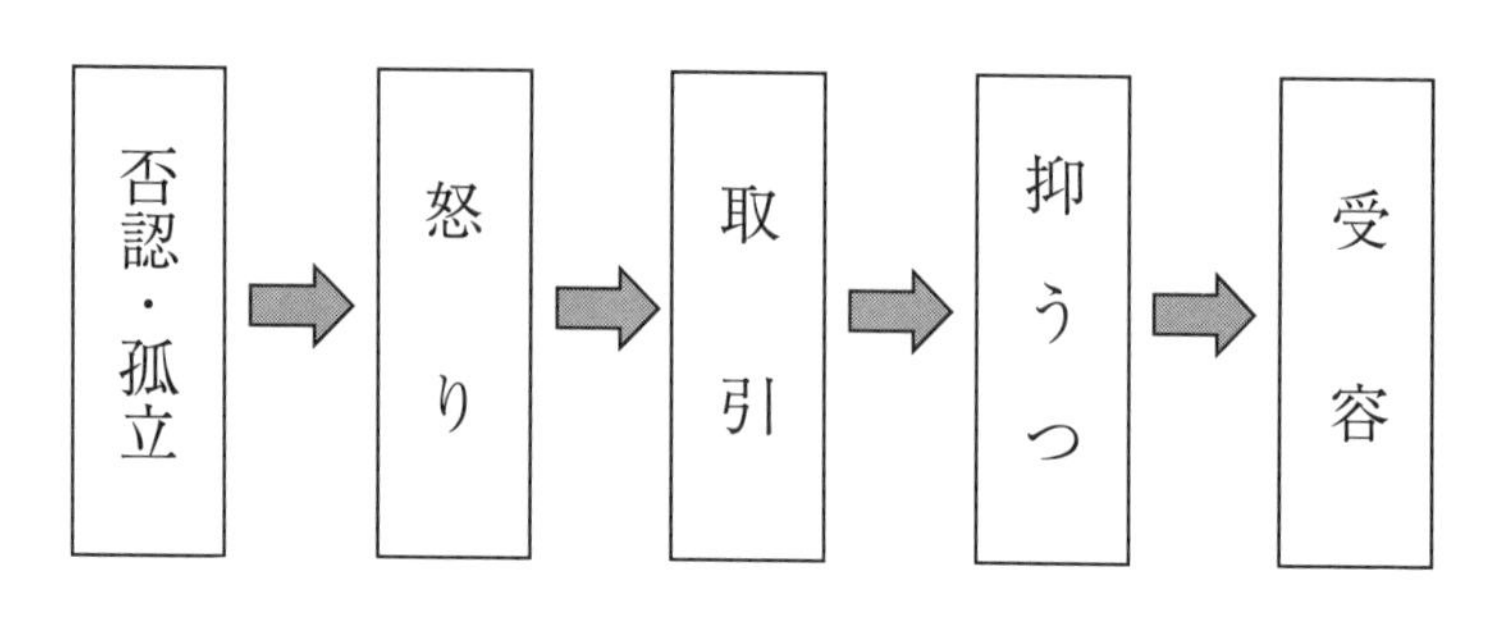

図 4-5　死の受容のプロセス（Ross, Elisabeth K., 1969）

3　死の受容から生の躍動へ

宗教以外の領域で死に逝くひとのこころに注目した有名な研究に、キューブラー・ロス（一九六九）の「死の受容プロセス」がある。それは邦訳されている『死ぬ瞬間』に詳しく書かれている。緩和ケア病棟で働いている医師や臨床心理士に少なからず影響を与えている著書である。当事者になってもう一度読んでみると、どうも腑に落ちない点がある。重篤な病気になり、死が迫ってくる状況で、図4－5のように否認・孤立から怒りの状態を経て最終的に死を受容して穏やかに死んでいくというプロセスを辿る患者がいることは、想像に難くない。キューブラー・ロスは女性精神科医であり、キリスト教関係者と協力して病棟に入り、死に直面した人々に面接した。死に瀕して病院のベッドで横たわっている患者にとって面接がどのように受け止められていたのかはわからないが、面接の中で病気を認めようとしない発言や、入院していながら病気自体を否認する患者や、こころを閉ざして孤立している患者がいた。その発言の内容は、どうして私ががんにならなきゃいけないんだ、何かの間違いじゃないかというものだった。自分の病気の診断を否認する。そういう態度に続いて、怒りの感情が出てくる。私の場合は、がんの診断を受ける前の三年間、健康チェックのために毎月病院に行っていた。第二章でも示したように、その頃は設置されたばかりの研究科の長をしていたので、任期途中で病気になって皆に迷惑をかけるようなことがあってはならないという考えから通院していた。そのように悪い事態を想定して行動すると、実際に悪いことが起こることがあるが、その通りになった。毎月通院していたが、三年間異常はまったく見つからなかった。しかし、からだが冷えて疲れやすく体調が良くないので、研究科長の任期を終えた翌日に他の病院に検査入院をした。すると、その翌日には大腸がんが見つかった。ショックだった。がんが見つかったことを三年間通い続けた医師に伝えたところ、手術までに時間があるので今の間にしたいことをしたらいいと言い、謝罪はなかった。それを聴いて怒りが込み上げてきたが、怒りを押し殺した。その後もその医師に対する怒りはなかなか収まらず、その医師を訴えようかとも考えたが、他の医師に事の経緯を話し、訴えて勝つ見込みがあるかを尋ねると、がん専門医ならば先ずそういうことはないだろうが、一般の総合医ならばそういう間違いもあるかもしれないという答えだった。医師は医師を庇うようなところがあるのかもしれないが、そういう状況で怒りと恨みの感情に任せて訴訟を起こしても身が持たないと判断して、無駄なことは止めた。今は怒りも静まり、見つかった時がピンチだったからこそ、欲を捨てて変わろうとしたので、恨んでも仕方がないと思うように変わってきた。そうすると、少し許す気持ちも出てくる。

その次の心理状態としては、やはりキューブラー・ロスが指摘しているように取引をしているかのような思いや振る舞いが出てくる。「(医師や代替医療の)先生の言う通りにしますから、治してください」と高い治療費を払ったり、「神様、一生懸命お祈りしますから病気を治してください」と縋る。そういう状態で先生から大丈夫だと言われると嬉しくて、相手に後光がさして見える心境になる。そう言われた直後は気分も良くなり、場合によっては症状さえも軽くなったように思えることがあったが、専門科であればこそ安易に大丈夫とは言えない。それがうまくいかないと逆恨みされる。そういう取引の段階では、がん患者はさまざまな医師や代替医療の専門家を訪れることが多いが、それも効果がないと落ち込んでいく。この状態がキューブラー・ロスの言う抑うつ状態であり、この段階でうつ状態から、自死に至ることもある。最終的にその段階を乗り越えて、最後にはひとは皆死んでいくのだから、自分も死が近づいてきた時は仕方がないなというように次第に死を受け入れ、死んでいく。このようなプロセスは日本のテレビや映画でもお馴染みである。がん体験者を主人公にしたドラマの中で、このような死のプロセスを辿りながら最後の瞬間までを前提にしながら一途に生きて笑顔で死んでくというストーリーは、実際のドキュメンタリーの中にも見受けられる。以前、報道番組の中でそういうドキュメンタリーのシーンを観ながら、若い女性アナウンサーが感動して泣いていた。死を受容して、最後は綺麗な死に方をして立派でしたというようなアナウンサーのコメントを聴きながら、嫌な気持ちになったことがある。そんなに簡単に生きることを諦めていいのだろうか？　死をそんなに簡単に受容することを勧めるようなコメントをしていいのだろうか？　死の受容を美化しすぎではないかと思った。私自身が生きるために六年以上毎日繰り返しているのは、第三章で述べたような自己治癒のための工夫である。朝起きてから夜寝るまで、実に忙しい。朝五時半から起きて、漸進性弛緩法、自律訓練法、イメージ法、動作法と臨床心理学の方法を二時間かけて行う。さらに起床後は散歩して、祝詞（のりと）をあげる。この時は実にすがすがしく気持ちが良い。それから気功をする。その後、ようやく朝食になる。がん告知後の四年間は自分で人参ジュースやサラダを作った。たいそうなものを準備するのではなく、朝から甘いものは食べないから、結局食べるものは非常に簡単なものになる。昼間は仕事をして、夕方から経絡治療や丸山ワクチンを受け、夜はセルフケアに余念がない。そういうことを毎日繰り返していたら、いつの間にか六年経過して、今も生きている。そういう体験をすると、キューブラー・ロスの指摘のように「死の受容」のプロセスとは少し違うなぁという気持ちになってきた。死を受容してしまうと、生きる努力は疎かになり、ひとは淡々と死に向かったプロセスを辿ってしまうのではないか。それも達観した生き方であろうが、主体性

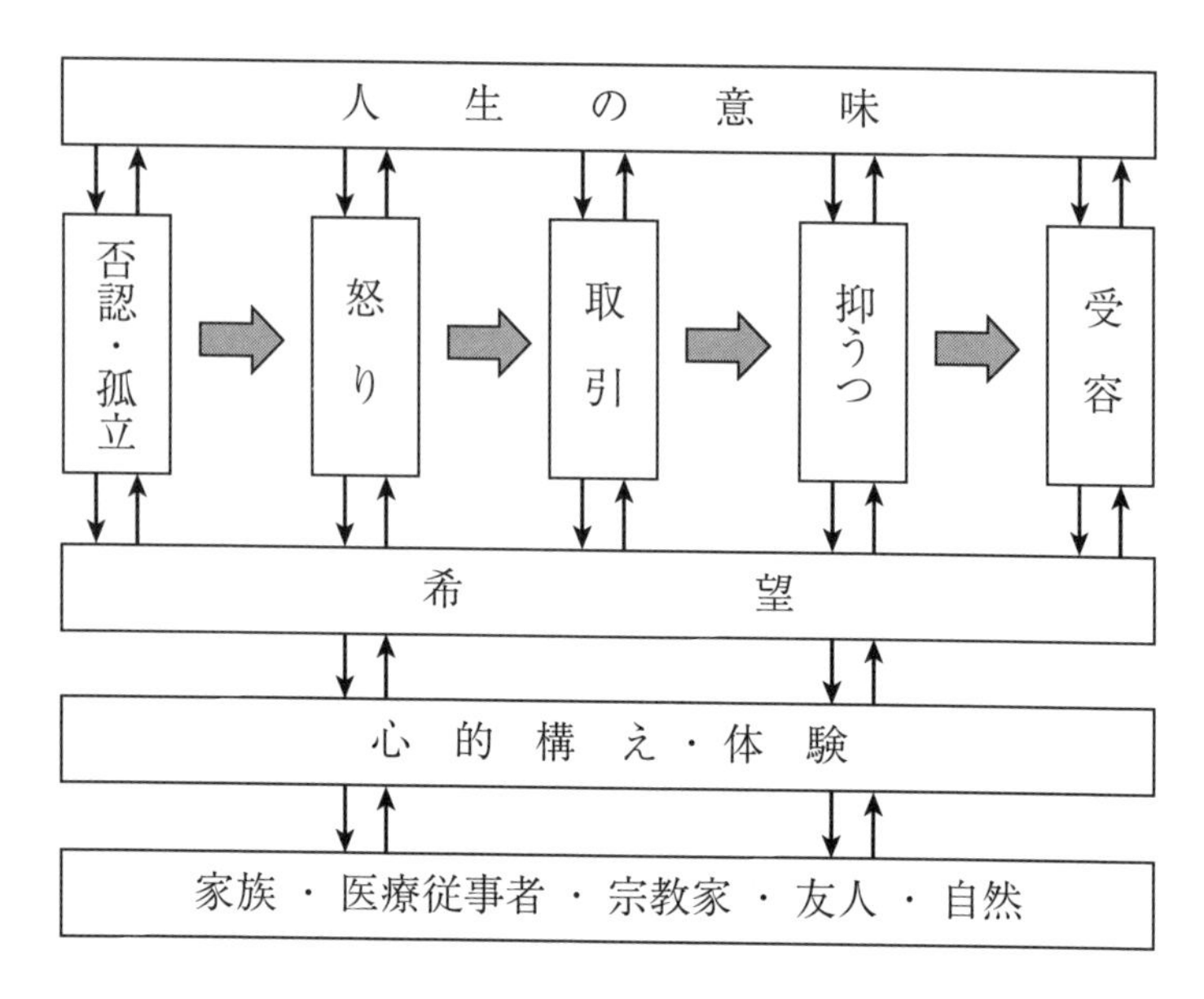

図 4-6　死の受容に伴うこころの変容

を発揮した生き方とは言い難いように思える。それは、生死を医師に任せてしまう事態になりはしないか。

末期がんと言われても、生きるために自分ができることを実行しながら一日一日を丁寧に生活をしていると、そこに喜びを感じる瞬間がある。それは実に小さな喜びである。今日は熱も痛みもない、ご飯が美味しい、歩くことができた、昨日よりも長く歩けたなど、健康なときには思いもしなかったことだ。二〇一四年一二月に胆管にステントを入れてからは、起床時に微熱やムカつきがないことが嬉しい。それを表したものが図4-6である。

キューブラー・ロスが指摘している

ように死の受容のプロセスは一方向的に進むのではなく、心理状態は可逆的に変化する。確かにいずれ死ぬんだなあと思ったり、時には抑うつになりかけたりもする。心理状態は彼女が提案したプロセスを行きつ戻りつしながら、その間に人生を振り返ることもある。私の場合は、欲を出して休みなしで一〇年間仕事をした。シドニーオリンピックに関わった五年間、それから専門職大学院設置のための五年間、猛烈に働いた。仕事中心の人生を振り返ってもっと妻や子どもと遊んでおけば良かった、馬鹿だったなと思うと同時に、あの時は私のチャレンジ精神と周囲の求めが一致したのだから、あれはあれで良かったと納得する。しかし、医師は余命一年という。これからどうするかなぁと思うと、お先真っ暗になった。そうしながらも丁寧に生活をしながら臨床心理学のリラクセーションやイメージを体験し、祝詞をあげたり、散歩をしたりしていると、そこに小さな希望が出てきた。どうやって希望が出てくるかというと、今日は痛みもなく天然酵母のパンを食べた。美味しかった。出来たら今度は玄米食パンにちょっとでいいからママレードを付けて食べたいなぁとか。あるいは精白糖がダメだったら、メイプルシロップや蜂蜜を全体に付けて食べたいなぁとか。お餅が悪ければ、そば粉で団子作ってはどうかとか、食に関する希望が出てくる。一次的欲求である。食べることに関する希望から始まり、明日は朝日を浴びて家の周りを歩いてみたいという思いが湧く。それができたら次第に街や郊外へ外出したいと欲が出る。それも叶うと自信がつき、さらには仕事中心の生活をしているときには行けなかった海や山を見てみたいという意欲が出てくる。そうすると人生の意義をまた考え出して過去を振り返り、過去に意味を見出すだけではなくて、残された人生何をしようか? こうやって朝ごはんも食べられるし、抗がん剤を使用していないので副作用もない。同僚の協力を得ながら、大学教員の仕事もできる。すぐ死ぬわけではない。まだ何年間か生きる気がする。まだ時間がある。臨床心理学者の中でこういうことを体験して書いている人があまりいない。しかも緩和ケアを志す人が増えてきている。緩和ケアに関わる専門家が先のキューブラー・ロスの死の受容プロセスだけを鵜呑みにしていると、がん体験者も専門家自身も困りはしないか。事実、キューブラー・ロスは〝死〟だけではなく〝生〟に焦点を当てる必要性を感じ、前著に引き続き『ライフ・レッスン』(二〇〇一)を記したがそれはやや観念的である。

それとはちょっと違うモデルを書きながら、とりあえず体験を書き残してみようと考え始めた。幸い、この六年間の闘病記録がある。自分を客観的に眺めるために始めたことだが、体験記を書くにあたっては、それが基礎資料として活用できる。そう思うと、そこに希望が湧いてくる。その希望は、右上腹部の痛みや不快感から食欲が落ち、熱に苦しむ日が多くなってからは私の支えになった。

どんなことでも希望が見つかると、その実現に向けて生きようとする意欲が湧いてくる。二〇一四年一二月の危機的状態で高熱、吐き気、黄疸による強烈な痒みに襲われて、食事はもちろんのこと起き上がることもできない状態でさえ、がん体験記を書くという希望があったからこそ生きる気力が萎えることはなかった。希望は与えてもらうものではなく、自分で見出すものであろう。他者から与えられた希望は失せやすく、ときに後悔と他者に対する激しい攻撃感情を生む。もちろん患者の状態によっては医師から「助かりますよ」と言われることが大きな希望になり、患者の生きようとする力を引き出すこともあろうが、それは〝両刃の剣〟になることを肝に銘じておきたい。実際、医師の場合は安易に助かりますよとは言えない。そう言った後で状態が悪化したり死に至ることがあると患者や家族から責められる。「助かりますよ」と言ってほしい患者に対して、決してそう言わず、側に寄り添い、本人が希望を見出すことを見守り続けることこそ、患者への最善の援助になる。しかし、これは難しいことである。

私の場合には、人生が私に何を求めているんだろうと考えたときに、希望を見出すことができたのは、規則正しい日々の生活を送ることに加えて、図４-６のように家族、宗教家、医療従事者、友人などひととの繋がりと、自然や宇宙あるいは目に見えない大いなる力との繋がりの感覚によって構えが変わり、新たな体験をしたことが大きかった。中でも一番大きかったことは、妻と治療方針が完全に一致した上で安心していろいろな治療を受け、その体験を書き残そうと思えたことだった。患者が一番困るのは、配偶者と本人の治療方針が異なる場合である。本人は抗がん剤治療をしたくないが、配偶者はできることは何でもしてほしいと願うと、患者としてはつい医師も勧める標準治療に踏み出すことになる。もちろんその逆もある。どの道を選択するにしても、夫婦の治療方針が一致していることがこころの平安には欠くことができない。がんであることに苦悩し、本人や家族が医療従事者に相談に来たら、まず、本人とご家族の治療方針に行き違いがないかを確認して欲しい。治療方針が違うと、患者も家族も苦しみ、後々悔いを残すことは想像に難くない。治療方針について夫婦で意見が異なる場合は、医療従事者はまず治療方針に一致を見出せるように話を聴いて整理してほしい。妻と私は、抗がん剤は使わない、放射線も使わないということで方針が一致していたので二人で協力して情報を収集し、それについて話し合った。毎日のことで食事療法に気をつけることが大切だとわかると、妻が三度三度の食事を丁寧に作ってくれた。妻は薬剤師で、薬に関しては専門家である。その妻が抗がん剤に反対していた。医師は「山中さんが私の家族だったら抗がん剤を使うんだけどなぁ」と親身に提案してくれることがあった。これは常套句だなぁと訝りつつも気持ちが揺れそうになる。「私が家族ならって、家族のように思ってくれているんだ」とほろっときて、じゃあと言いかけようとしたら横から妻が肘で脇腹を突くこともあった。〈あなた抗がん剤使ったら離婚だからね、あなたが苦しむ姿は見たくない〉というこころの声が聞こえた。それで一致して、抗がん剤は使わない、放射線も使わない。日常生活を丁寧にする。からだのリズムに合わせて、食事と排泄と丁寧に向き合う。そんなことで家族の方針が一致していた。もちろん医療従事者からも支援を受けられたことが有り難かった。どうしても判断がつかないときには、神主の鈴木邦子氏のところにお尋ねに行って、神様の判断に委ねた。

さらに、友人とか自然と繋がっているという実感が幸福感を満たし、感謝の気持ちが湧いてくる。こういう専門的支援やネットワークが実感できると、こころが強くなっていく。何より丁寧に生きているとこころが柔らかくなっていく。こころは目に見えないが、余命宣告でこころがフリーズした状態から少しずつ回復し、こころが柔軟性を帯びてくる。そうすると、生きる構えが変わり、体験も新たになる。臨床心理学の領域では心的構えの問題になるが、自分に染み着いた構えに気づき、それを変えるのは厄介だ。「病は気から」と言われるように、気持ちの持ち方つまり心的構えが重要なのは体験的にもよく知られている。ひとのこころの在り様を説いた宗教の中でも構えが注目されている。日蓮も『立正安国論』の中で、ものの性（さが）は境（きょう）によって改まると書いている。「ものの性」とは、性質の性のこと。自分のこころや対象のどこで線を引くかによって、先まで白だった部分が黒になり、黒だった部分が白になる。線を引く場所によって黒が白になる。ものの性質は境の引き方によって決まる。この境は人間の場合は気持ちの持ち方を意味し、気持ちによって自分も対象の性質も左右される。心的構えによって苦しいはずのがん体験がそこまで苦しくない。もちろんこころは揺れる。末期であることを医師も知っていて、触診の度に「こんなはずはない」「そろそろ大きくなっているかもしれない」というような怪訝な顔をして触れると、こちらは大きくなったのではないかと一瞬不安になるが、まだ大きくなっていないという言葉にホッとする。検査や触診の度にドキドキするくらいならば通院するのを止めようかと思うこともあるが、いざという時の緊急措置が必要なときもあるから、医師や病院とは適切に付き合う方がよい。これまで多くの医師の世話になってきたが、血液検査や画像検査の際に、怪訝そうな表情をする医師もいれば、もともとゆっくり大きくなるがんだったのかもしれないと言った医師もいた。そんな中で食べることは楽しいし、医療従事者や大学院生の前でお話させていただく機会も非常に有難い。臨床心理学の教授ということで講演を依頼されることもあるが、あまり肩肘はらずに自分の言いたいことを話す。スピリチュアル体験も含めて自分の体験をありのまま話しても良いかもしれないと考えると、がんでピンチにもかかわらず、新しく生きる意味を見出すチャンスになる。それは生きる長さで違うかもしれない。各々に寿命があって、八五歳まで生きる人もいれば、七〇歳かもしれない、五五歳かもしれない。長さはわからない。長さはひとが決めることではない。もちろん医師が決めることでもない。寿命はそれこそ本人の生命力とそれを支える家族や大いなる力によって決まるのかもしれない。私にとっては生きている間に、いかに命を輝かせるか、輝かせる為にいかに生きていくかが大切である。死を受容して死んでいくだけではなく、希望も出てくる。生きる喜びも湧いてくる。そういう視点が臨床心理士に必要であり、医療従事者にもこういうがん体験があることを伝えたい。当事者のそういう声を上げていくことが、日本の緩和ケアが変わる可能性に繋がるかもしれない。

そういう話をしたからといって、決して私が悟っているわけでもなんでもない。体調がままならない状態でさえ、欲がある。甘いものを食べたい。きれいな自然の中に身を置きたい。加えて、色気も抜けない。二〇〇九年の大腸がんの手術の際に、抗生物質の副作用で再入院した時に自力で立てなくなって、このまま死んでいくのかなぁと思っている時に、看護師さんが脇を抱えて立たせてくれたことがあった。その時、たまたま私の左手が看護師さんの胸の方にいった。熱も四〇度くらいあって死にかけているにもかかわらず、「なんか柔らかそうだなぁ、ちょっと触れてみたい」という思いが湧いてきた。そういう性（さが）が私の中にある。今でも妻と鹿児島の天文館という繁華街を歩いてるときに、妻がいると余所見をしないが、綺麗な女性がいると、つい見たくなる。これが自分の欲だと気づく。そういう欲も認めつつ、これは死ぬまで持っていくんだろうなぁと、欲も死も認めていく生き方が自然なのではないかと思っている。

がんと診断されれば最初は「エッ、何で私が?!」「大変なことになった！」と思うだろうが、少し落ち着いてきたところで、それでもピンチと思うか、チャンスと思うかによって人生が分かれる。心的構えと体験の変容で、図４-１は、健常者が悩んでいる時の心理状態や競技選手が試合前にあがっている状態、神経症や心身症のクライエントが症状に囚われている状態を説明するために使用した図である。しかし、がんを告知された時に、死が初めて自分の内的世界に体験として現れた。それまではひとは死ぬという知識はあるが、「私」が死ぬという現実が自分のこころの中に入っていなかった。だから余命一年を宣告された時は、図4-2のbに示したようにこころの中が真っ暗になって、五感がフリーズした状態だった。それが今はだいぶ収まってきて図4-2のdのように、がんで死ぬかもしれないし、他のことで死ぬかもしれないが、いずれ死ぬのは間違いないこと。死ということが、一応自分のこころの中でとりあえず収まりがついている。収まりをつけながら、生きていけばいい。そんな心境に変化してきた。bからdに移行するプロセスで重要な役割を果たしたのが、前述した丁寧で規則正しい日常生活である。規則正しい生活を繰り返す中でこころにゆとりが生まれ、いろいろな対象に構えを向けることができ、いのちの躍動を感じさせる新たな体験が可能になっていた。そうすると、自己治療の決断ができて、〝死〟がこころの中に静かに収まってきた。

4　からだのスピリチュアリティ

ＷＨＯが提案したように bio-psycho-social-spiritual な存在としてホリスティク医療の立場か

らひとを捉えるとき、bio の基礎となるのは生理生物学的なからだである。しかし、そのからだはこころと心身相関関係にあり、こころの活動を反映している。さらには坐り方、歩き方、お辞儀の仕方、姿勢に到るまで文化、社会的影響を受けている。では、スピリチュアルな影響をからだは受けているのだろうか？

これはベテランの腫瘍外科医から聴いた話である。彼は多くの腫瘍外科医を指導し、後進から今も尊敬されている。その彼が私のホリスティック医療に関する講演を聴いて、スピリチュアル体験の話に感動したのか、講演最後の質疑応答で自ら挙手し、次のような意見を多くの医療従事者の前で述べてくれた。「多くの患者さんを手術し、何度も手術中に死に到るケースに出会ってきた。そのときに心肺停止状態から、息を吹き返す患者さんが何人もいた。それは医学の常識では考えられないことだった。われわれ医療従事者は常に医学の研鑽に邁進し、最後の最後まで諦めずに患者のいのちを救う努力をしなければならない」という意見だった。それを聴いていた医療従事者は手術の達人の意見に聴き入っていた。その後、控え室に戻った私を追ってきて、私のスピリチュアル体験を是非本にして出版してほしいと要望した。それに対して私が先ほどの息を吹き返す患者さんとそのまま手術台の上で亡くなっていく患者さんとの違いは何かを問うと、彼は「ご先祖様の力だ」と答えた。それを聴いて私は驚いた。外科手術の第一人者がいのちの分かれ目の違いがご先祖様、つまりスピリチュアリティだと言うことはからだのスピリチュアリティを認めていることに他ならないからである。私が先生こそ出版して下さいと言うと、「白衣を脱がない限りそういうことは言えません」ときっぱり断られた。心身二元論を前提としてからだの生理生物学的メカニズムを重視する医師にとってからだのスピリチュアリティを認めることは依って立つ医学的基盤を否定することにも繋がるのだから、白衣を着た医師としてそれを公表することはできないというのも無理からぬことであろう。また別の医師は難しい手術の前に必ずお祓いに行くというのを聴いたことがある。それは自信がないわけではなく、それで気持ちが整理されるというものだった。もちろんその話は患者には言わない。患者が不安がるのを避けるためである。

　こういう話を聴くと、本来、ひとはからだを基盤としたスピリチュアルな自己知覚能力と自己治癒力をもっていたと考えられないだろうか？　それが言語を使い知識や文化を獲得する段階で、視覚優位、知識偏重になるにつれて退化し、そのスピリチュアリティがいのちの危機で発動されることがあるのではないか？　一九九一年にイタリアとオーストリアの国境に位置するアルプスの氷河で、約五三〇〇年前のミイラ「アイスマン」が発見された。その後の調査の結果から、アイスマンは四〇代男性で、腰椎すべり症による腰痛持ちであったと推測されている。さらに、背中や脚に刺青の跡があり、その位置が腰痛に効果がある、現代の経絡治療のツボの位置と一致しているという事実から刺青跡はツボ治療をした跡だと考えられ、五三〇〇年前にヨーロッパのアルプス山脈付近に高度な医療技術があったと推測している学者もいるという。中国最古の医学書『黄帝内経（こうていだいけい）』が紀元前二〇〇年頃から記されており、古代ギリシャ医学やチベット医学に影響を与えたインドの「アーユルベーダ」でさえ、ひとつの体系をしてまとめられたのが紀元前五〇〇～六〇〇年だと考えられていることに照らしても、それを遡ること三〇〇〇年前に高度な医療技術があったと考えるよりは、人間がスピリチュアリティをおびたからだと自己知覚能力、自己治癒力に目覚め、自己治療をしていたと考える方が無理がないように思われる。アイスマンの昔に思いを馳せるロマンティックな楽しみよりも私をワクワクさせるのは、本来人間が持っていたと考えられる原初的なからだのスピリチュアリティの存在である。

それを今もなお踏襲し、実践しているのが一部の宗教や気功などの代替医療である。鈴木大拙は座禅を世界中に広めた実践家であり、理論家である。彼はアメリカのコロンビア大学の講演（一九八五）で、悟りは降りてくるもの“transcending is coming down”と述べている。しかし、座禅という独特の坐位姿勢をとり続けている時に悟りが開けるので“transcending is coming up in my body”と言う方が私の体験に即している。宗教的行法（ぎょうほう）を行っていると丹田（たんでん）のさらに奥にある小腸のひだから、もう一人の私が現れることがある。もう一人の私が私を見ながら「ばーか、何をおたおたしているんだ」と言っているのに驚いたことがある。もう一人の私はいつもは小腸のひだの中に隠れているが、ピンチになるとそいつが現れる。そうすると私は落ち着きを取り戻すことができる。また座禅を組んでいるときに突如、光の玉が浮かんできたことがある。浮かんだ瞬間は驚いたが、その光の玉をただ受け止め、味わっているとここちよかった。ところが「これが悟りの境地か」と思い、眠っているわけではないことを確かめるために「目をこすりたい」と考えると、その光の玉は小さくなって消えてしまった。からだにはスピリチュアリティが備わっているにもかかわらず、現実的な態度や思考がスピリチュアル体験を阻害しているのかもしれない。

死の囚われから脱却して自己をありのままに眺める、そのために臨床心理学は非常に有効である。もちろん臨床心理学的方法でなくても良い。山に入ったり、修行したり、毎日行水してお祈りを一生懸命している間に自分の煩悩から離れて、なんとも言えない清々しい気持ちになって、欲からちょっと離れて落ち着いている自分に気づくかもしれない。祈りを毎日するということは、自分を客観視するという行為だと言えるかもしれない。宗教的な祈りには作法があって、作法の中には決まった動作があり、決まった行為をする。第三章で動作法の話をしたが、からだの動かし方を意識してからだの軸をきちっと立てて重心を感じて生活すると、こころが安定してくる。その中で「今、ここに、確かに生きている」というからだの実感を体験すると良い。それに加えて決まった文言を唱えるとそれに意識が集中し、こころに迷いがなくなっていく。こころを対象化して、こころでこころをコントロールしようとしても上手くいかない。大切なのは自分のからだの実感であり、からだの実感と主体感覚を確かにすることである。ここでいう主体感覚とは、私の命は私のもの、私の生き方は私が決める。もちろん命の長さは自分では決められない。大いなる力によって決められるのかもしれない。しかし、人生を輝かせるか、命をどうするかは自分の手の中にある。がん患者が一番辛いのは、自分の主体感覚が無くなって、すべて医師が決めることかもしれない。自分は自分でありながら、すべて医師にまかせて死の恐怖から逃れるために、ただただ医師にすがってしまうようでは自分の本来の感情も自己治癒力も麻痺してしまう。まな板の上の鯉になっていると、主体が無くなっていく。私にはそのことが辛い、堪え難いことである。だから主体性を取り戻すために、主体感覚を呼び覚まし、重視して、後はライフスタイルを変え、生き方を変える。そして最後はからだのスピリチュアリティにお任せするとよい。そういうことをこころがけていると、小さな生活の中で今日も生かされている、今日も生きている、という命の実感が沸き上がる。いま私は目に見えない大いなる力というものを感じ、それを信じるようになってきた。いつもそれに感謝し、祈る。そういう大いなる力があると信じるか信じないかは気持ちの持ち方次第である。しかし、私はがんになったことで、自分の知識では図り得ない大いなる力あるいは神に関するスピリチュアル体験をして、知恵を沢山いただいて、今こうして生かされている意味を感じるようになってきた。もちろん、時々不安にもなる。悟りを開いているわけでもなく不安にもなるが、やっぱりがんになってよかったかもしれないと思う時がよくある。末期はなかなか厳しいが、末期だからこそこんな風に思うのかもしれない。平々凡々で病気もしないで以前のまま生活していたら、次から次へと欲するままに掴もうとして、気が付いたら嫌な人間になっていたかもしれない。そう考えると、病気はピンチだが、生き方を変えるチャンスかもしれない。だからヨーロッパやアメリカの人のように、対立構造の中で病気と戦うのではなく、病気も受け入れて、生も死も相容れながら、生きる意味、生きる喜びを見出すような生き方があってもいいのではないか。そういう生き方を私はしたいと思う。高齢化社会の中で〝ピンピンコロリ〟が理想ではあるが、平均寿命が延びて八〇年以上生きているとどこかに病気を持っていても不思議はない。生老病死は世の常である。祈りや信仰がこころの平安に及ぼす影響について、宗教学者だけでなく臨床心理学者や医師が真剣に考えなければならない時代が到来しているのではないだろうか。

5　そして、祈る

第一章三節で述べたように人間の四つの機能は相互に影響しつつ、同時に家族、社会、自然環境からも影響を受けている。もちろん、単に受動的に影響を受けるだけではなく、ひとは自ら主体的に家族や社会や自然に働きかけ、それらと繋がっていく。それは絆と言っても良いかもしれない。自然と繋がっているという思い、あるいはその大いなる力（something great）、宗教や信仰の世界では神や仏との繋がりといってもいい。そこで上手く環境や自然や宇宙と繋がって、それに影響を受けている。そうした繋がりを精神内界に取り込んで生きていく生き物が人間であると考えると、祈りはある意味で自然や大いなる力と繋がりつつ自己の内界とも繋がって、そのことによって安心感を体験し、安定する行為ではないだろうか。そういう祈りを通して安心感を得て、さまざまな体験あるいはいろいろなスピリチュアル体験をすることによって、人はおおいに変わりうる可能性を秘めている。ひとは苦しい状況や命の危機に直面したときに、人知で計り知れない存在や神仏を信じていなくても、思わず手を合わせることがある。それは私たち日本人の中に生まれながらに、からだのスピリチュアリティが存在するからではなかろうか。おそらく日本の津々浦々、いろんな信仰の祈りをささげるひとがいて、いろいろな不思議な体験をしているのだろうが、それが現代科学では証明されにくいので無視されたり、時には嫌悪されることにもなるのであろう。祈りのエネルギーは目に見えない。しかし、現象としてはある。

私が専門にしている臨床心理学の領域では、祈りと自然治癒力の関係について触れてきた研究者もいるが、自己治癒によるがんとの付き合い方や、祈りと自己治癒の関係などについてはこれまで正面から取り上げられてこなかった。臨床心理学は科学を志向しようとするあまり、病気の本人や家族の生活の営みからかけ離れて祈りのような目に見えない対象を遠ざけざるを得なかったのであろう。医学を始め、わが国で科学を重視する学問領域では同様な傾向にあるのかも知れないが、世界中を見渡したらアメリカの医療分野では祈りの治療効果が研究されている。日本の医師はどちらかというと生理生物学的身体を診るトレーニングが非常に重視されているので、治療に関してはどうしても生理生物学的身体を中心に診ることになる。ところがアメリカの方はやっぱりおおらかというか自由というか、健康に良いことは何でもトライするというフロンティア精神の流れがあるようで、祈りの治療効果についても研究されている。サンフランシスコ中央病院に冠状動脈疾患という心臓病で入院している患者三九三名を祈りを受けるグループと祈りをまったく受けないグループの二群に分け、祈りの効果が調べられた(Byrd, R. C., 1988)。祈りを受けるグループの方にはクリスチャンの祈りの専門家が一生懸命祈る。もう一群に対してはまったく祈らない。もちろんそのことを患者本人には教えていない。本人に教えると、プラシーボ効果が働く可能性があるからである。本人だけではなく医師にも一切教えず、病院から離れた場所で一人一人の患者さんについて、「無事に治療が進んで、無事に退院できますように」と祈る。そうすると、祈られた患者グループは、感染症を防ぐための抗生物質の使用量も少なかった。冠状動脈疾患の場合、使用する薬の影響で小便が出たり出なかったりするが、それに対して使用される利尿剤が少なかった。また、呼吸を補助する気管内挿管治療が圧倒的に少なかった。一九八〇年代以降、アメリカの医療領域ではこういう研究が医師によって行われている。有意に祈りの効果があるという研究結果もあれば、効果がないと結論づける研究もある。そういうことを踏まえて、アメリカでは効果がありそうならばチャレンジする価値があると考えるのか、病院内で祈りのグループ活動を認めているところもあると聴く。日本では完全に効果があると証明されるまでは、そういう取り組みには積極的にならないようである。いずれも科学を重んじる医療を提供しているはずなのに、医療に対する柔軟性が異なる。この辺りがアメリカと日本の違いで、アリゾナ大学のように代替医療を研究している医学部もあれば、祈りと治療の関係を研究する医学部もある。目の前で祈っている人がいればその声を聴き、仕草を見ることもできるが、こころやからだの変容は詳細には明らかにできない。まして遠隔地からの他者の祈りについては知りようもないが、祈りがこころの健康だけではなくて、からだの健康にも非常に効果的だということが言われだして三〇年以上も経つ。ところが日本の医療ではまだそうはいかない。ひとのこころに寄り添う臨床心理学でさえ、祈りについては積極的に介入していない。

わが国で創案された心理療法の中で、森田療法はある意味で仏教の影響を受けている。あるがままを受け入れることによって、そのひとのこころもからだも一体化して回復していく。さらに内観療法も宗教の影響を受けている。アメリカ的な心理療法論のなかで宗教の影響を受けているものとしてはヨーガの影響を受けているマインドフルネスやトランスパーソナル心理学などが挙げられるが、それらもスピリチュアリティを肯定している。このように心理療法といっても宗教の影響を受けているものがある。

一九八〇年代に入って、宗教学と心理学をベースとして宗教心理学講座がスウェーデンのウプサラ大学に開講された。今やアメリカのハーバード大学にも宗教心理学講座が開設され、宗教心理学はＡＰＡ（アメリカ心理学会）の一分野（division）に位置づけられている。その基本にはフランクルの考えに基づく、存在の意味（existential meaning）の確立を支援することである。もちろん、存在の意味の確立の主体は本人である。宗教家やサイコセラピストはそれを側面から支援することが役割となる。日本でもその機運が高まり、東北大学に寄付講座ができ臨床宗教師が模索されている。そういった科学的な視点からもようやく祈りの効果が認められつつあり、鹿児島大学大学院臨床心理学研究科でも稲谷ふみ枝教授を中心としてウプサラ大学大学院との共同研究が始まりつつある。現時点で臨床心理学者として日本で祈りの効果について言及することは無謀なことかもしれないが、九死に一生を得るスピリチュアル体験を繰り返す中で祈りの効果を実感するようになると、実証研究によるエビデンスではなく、あくまで個人的な体験ではあるが、時間と体力の許す限り、残りの研究人生を祈りの治療効果や宗教と心理療法の関係性について費やしたい。なぜならば、祈りはここちよく、こころがすがすがしい。朝からそういう体験をした日は気分が良いからである。

引用文献

第一章

Beutler, L. E.（2001）: From Experiential to Eclectic Psychotherapist. In M. R. Goldfried（Ed.）How Therapists Change（pp.203-219). Washington, D. C.: American Psychological Association.

Korchin, S. J.（1976）: Modern Clinical Psychology—Principles of Intervention in the Clinic and Community. Basic Books, Inc., New York. 村瀬孝雄（監訳）（一九八〇）『現代臨床心理学―クリニックとコミュニティにおける介入の原理』弘文堂

村上宣寛（二〇一一）「運動は心に効くか」心理学ワールド第五三号　二五―二六頁、日本心理学会

Norcross, J. C. & Beutler, L. E.（2014）: Contemporary Psychotherapy. In Danny Wedding & Raymond Corsini（Ed.）Current Psychotherapies 10th edition. (pp.499-532). Brooks/Cole.

Simonton, O. C., Simonton, S. M. & Ceighton（1978）: Getting Well Again. 近藤裕（監訳）『がんのセルフ・コントロール―サイモントン療法の理論と実際』創元社

内山喜久雄（二〇〇三）『問題行動の見方・考え方（子どもをとりまく問題と教育（4））』開隆堂出版

V・E・フランクル（著）霜山徳爾（訳）（一九八五）『夜と霧―ドイツ強制収容所の体験記録』みすず書房

山中寛（一九九九）「体ほぐしから心ほぐしへ」体育の科学　第四九巻第六号　四六七―四七頁、杏林書院

山中寛（二〇一三）『ストレスマネジメントと臨床心理学　心的構えと体験に基づくアプローチ』金剛出版

第二章

五木寛之・望月勇（二〇〇九）『気の発見』角川文庫

帯津敬三（二〇一一）『代替療法はなぜ効くのか』春秋社

中井久夫（二〇〇八）『臨床瑣談』みすず書房

中山武（二〇〇七）『ガン　絶望から復活した15人』草思社

中山武（二〇〇九）『ガンがゆっくり消えていく再発・転移を防ぐ17の戦略』草思社
成瀬悟策（一九八八）『自己コントロール法』誠信書房
寺山心一翁（二〇〇六）『がんが消えた―ある自然治癒の記録』日本教文社
David Servan Schreiber：渡邊昌・山本知子（訳）（二〇〇九）『がんに効く生活―克服した医師の自分でできる「統合医療」』日本放送出版協会

第三章

アンドリュー・ワイル：上野圭一（訳）（一九九三）『人はなぜ治るのか―現代医学と代替医学にみる治癒と健康のメカニズム』日本教文社
Baider L, Uziely B, Kaplan D.（1994）：Progressive muscle relaxation and guided imagery in cancer patients. General Hospital Psychiatry.
藤原勝紀（一九八〇）三角形イメージ体験法、成瀬悟策（編）、催眠シンポジウムX　イメージ療法、三八―五九、誠信書房
Gendlin, U.：村瀬孝雄（訳）（一九六六）『体験過程と心理療法』牧書店
Green, R. G. & Green, M. L.(1987)：Relaxation increases salivary immunoglobulin A Psychological Report, 61, 623-629
林朋・山中寛（一九九九）「リラクセーショントレーニングプログラムが心身に及ぼす効果について」日本スポーツ心理学第二十六回大会発表論文集　四四―四五頁
岩井寛・松岡正剛（一九八八）『生と死の境界線―「最後の自由」を生きる』講談社
Jacobson, E（1929）Progressive relaxation The University of Chicago Press.
Jon Kabat-Zinn（1990）：Full Catastrophe Living. Bantam/Random House. 春木豊（訳）（二〇〇七）『マインドフルネスストレス低減法』北大路書房
カール・R・ロジャース：畠瀬尚子（訳）（一九八四）『人間尊重の心理学―わが人生と思想を語る』創元社

Korchin, S. J.（1976）: Modern Clinical Psychology—Principles of Intervention in the Clinic and Community. Basic Books, Inc., New York. 村瀬孝雄（監訳）（一九八〇）『現代臨床心理学―クリニックとコミュニティにおける介入の原理』弘文堂

熊野淳子・藤澤大介（二〇一二）「がん領域における認知行動療法」認知行動療法第五巻二号 一五七―一六五頁、日本認知療法学会

Kwekkeboom, K. L., Wanta, B., Bumpus, M.（2008）: Individual difference variables and the effects of progressive muscle relaxation and analgesic interventions on cancer pain. Journal of Pain and Symptom Management, 36, 604-615.

Leuner, H.（1969）: Guided affective imagery : A method of intensive psychotherapy. American Journal of Psychotherapy, 23, 4-22

増井武士（一九七一）自己観察のためのイメイジ・ドラマ法、成瀬悟策(編)、催眠シンポジウムⅢ 自己制御・自己治療、一五六―一九〇、誠信書房

村上宣寛（二〇一一）「運動は心に効くか」心理学ワールド 第五三号、二五―二六頁、日本心理学会

成瀬悟策（一九八八）『自己コントロール法』誠信書房

奥野修司（著）（二〇一三）『看取り先生の遺言―がんで安らかな最後を迎えるために』文藝春秋 D. C. : American Psychological Association.

Schultz, J. H.（1932）: Das autogene Training（Konezentrative Selbsentspannung）Thieme.

Simonton, O. C., Simonton, S. M. & Ceighton（1978）Getting Well Again. 近藤裕（監訳）『がんのセルフ・コントロール―サイモントン療法の理論と実際』創元社

Spileberger, et al.（1973）: From Experiential to Eclectic Psychotherapist. In M. R. Goldfried（Ed.）How Therapists Change（pp.203-219）. Washington,

田嶌誠一（一九八七）『壺イメージ療法』創元社

田嶌誠一（一九九〇）「イメージの内容」と「イメージの体験様式」、家族研究会（編）臨床描画研究V、七〇-八七、金剛出版
上原美穂・山中寛（二〇一六）「臨床動作法」、『慢性痛の心理療法ABC』山本達郎・田代雅文（編）八九-九四、文光堂
山中寛（二〇一三）『ストレスマネジメントと臨床心理学　心的構えと体験に基づくアプローチ』金剛出版

第四章

Bruner, J. S., May, A., Kosiowski, B.（1971）：The Intention to Take. Film: Center for cognitive studies, Harvard university.
Byrd, R. C.（1988）：Positive Therapeutic Effects of Intercessory Prayer in a Coronary Care Unit Population, Southern Medical Journal Vol. 81, No. 7, 826-829.
Elisabeth Kubler-Ross（1969）：On Death and Dying, Scribner, エリザベス・キューブラー・ロス（著）鈴木晶（訳）（一九九八）『死ぬ瞬間—死とその過程について』読売新聞社
Elisabeth Kubler-Ross（2001）：Life Lessons—Two Experts on Death and Dying Teach Us About the Mysteries of Life and Living, Scribner. エリザベス・キューブラー・ロス、デヴィッド・ケスラー（著）上野圭一（訳）（二〇〇五）『ライフ・レッスン』角川書店
Keith, W., Pettingale, Morris, T., Greer, S.J., Haybittle, L.（1985）：Mental attitudes to cancer：An additional prognostic factor. The Lancet, Vol. 325, No. 8431, p.750.
河合隼雄（一九九九）『中空構造日本の深層』中央公論社
山中寛（二〇一三）『ストレスマネジメントと臨床心理学—心的構えと体験に基づくアプローチ』金剛出版
Woodworth, K.（1954）：Experimental Psychology. New York, Holt.
Lewin, K.（1939）：Field theory and experimental in social psychology: Concepts and methods. American Journal of Sociology, 44, 868-896.

あとがき

本を書く者の喜びは「あとがき」を記すことではないだろうか？　二〇一四年七月にまえがきを書いていながら、あとがきが二〇一六年三月になってしまった。二〇一五年八月に危ない状態になったのを境に入退院を繰り返し、坐って書くのが難しい時期があったこともあるが、がんが発見されて四年、五年と経つ間に、がんに対する心的構えや生活上の工夫に変化が生じ、わざわざ本にする必要はないという思いがこころのどこかに芽生えてきたからである。しかし、思索を深め、こころから浮かんでくることばをすくう一連の行為は楽しかった。

二〇一二年と二〇一三年の日本リハビリテイション心理学会や市民向けの健康講座などで当事者の視点を踏まえてがん体験から得た臨床心理学的知見について話してみると、がんに罹患していない人たちの中にも興味関心を示してくれる人がたくさんいることがわかった。また、がん体験に関する私の講演を聴いてくれた金剛出版の立石正信社長から「先生が生きていること自体がエビデンスですよ。是非、講演内容をそのまま本にまとめればいいのではありませんか」と勧められたことも脳裏に焼き付いていた。そのアドバイスに背中を押され、書き始める気持ちが湧いてきたのは、二〇一四年一二月に突然閉塞性黄疸症状から危機的状況に陥る前であった。一時は医師から死を覚悟するように告げられたこともあったが、元気になってから聴かされた話では、それもホリスティック医療の力によって何とか乗り越え、医師に「驚くような生命力、奇跡だ」と言わしめるようなことになった。黄疸が少しずつ癒えてゆく病院のベッドの上で、臨床心理学者としてがん体験を記しておくことは、がん体験者だけでなく医療従事者にも役立つかもしれないと思い始めた。そういう内容になっているかどうかの判断は読者のみなさんに委ねるが、私としては自分の記憶だけを頼りにするのは避けた。一二〇冊の自己観察記録ノートと側で看病にあたった妻のアドバイスも参考にし、がん体験者としての主観も含め臨床心理学者の目でより客観的に書き進めたつもりである。それができたのは、四〇年の長きに亘り、九州大学名誉教授成瀬悟策先生のご指導があったからである。現象を詳細に観察し、内省を深め、自分の頭で考えるという研究者の態度がなければ、ただ感情に流されてしまって、個人的体験をまとめることはできなかった。

本書が仕上がるまでには、多くの大学関係者、医療従事者にお世話になった。ここに記して感謝申し上げたい。

鹿児島大学大学院臨床心理学名誉教授の安部恒久先生（現、福岡女学院大学大学院教授）には、お昼に蕎麦を食しながら来談者中心療法やからだのスピリチュアリティについてディスカッションをしていただいた。楽しかった。加えて、研究科長としてカウンセリングと同時にさまざまな勤務上の配慮をしていただき、こころより感謝申し上げたい。その後の歴代研究科長松木繁先生、中原睦美先生にも職務上のご支援をいただき、社会経済的自立を保障していただき、こころより感謝申し上げます。

医療領域では、鹿児島大学医学部名誉教授（現、志學館大学教授）野添新一先生には自律訓練法について医師の立場からご指導いただき、体験記を書くことを勧めていただいた。ありがたかった。鎌田哲郎医師（元慈愛会今村病院分院医師）、大瀬克広医師（現、鹿児島市医師会病院緩和ケア科部長）、中野静雄医師（なかのクリニック院長）、徳永秀次医師からは患者としてだけではなく、個人を尊重する心温まる医療的ケアを受けることができ、医師の真摯な態度に触れられて嬉しかった。本著は二〇〇九年四月から二〇一五年四月までの丸六年のがん体験をまとめたものだが、二〇一五年八月、堂園メディカルクリニック院長の堂園晴彦医師からの勧めもあり、ホリスティック医療の一環として私に合った抗がん剤を思い切って試してみた。初めての抗がん剤だったが副作用はそれほどなく、そのおかげで今日まで生き存えている。

経絡療法では、形数・田中（裕）整骨院総院長田中裕之氏にはがん発見当初から診療を受け、感謝申し上げます。

いのちの不思議さとスピリチュアリティに関してご指導を賜っている「気」セラピスト森脇洋子氏、神道神主鈴木邦子氏にはピンチにおいても一方ならぬご支援を賜り、こころより深く感謝申し上げます。

そして今回も篠原美穂氏（鹿児島大学大学院医歯学総合研究科）には図表の作成、文献整理、校正と多大な支援をいただいたことを、ここに記して感謝申し上げます。

構想から出版までを気長に待ち続け、柔軟な対応をしていただいた金剛出版社長の立石正信氏に改めて感謝申し上げます。

最後に、執筆が滞っていた時期に子どもたち、大士、桃子、岳、哲斗がパソコン入力作業を手伝ってくれたことに感謝します。そういう意味では、この本は私と妻と子どもたちが生きた証でもあります。みなさん、ありがとう。

二〇一六年三月一五日

山中　寛

[著者略歴]

山中　寛（やまなか　ひろし）

1954年　福岡県に生まれる
1984年　九州大学大学院教育学研究科教育心理学専攻博士後期課程単位取得退学
1985年　鹿児島大学教育学部（スポーツ心理学）講師
1987年　鹿児島大学教育学部（スポーツ心理学）助教授
2000年　シドニーオリンピックにスポーツカウンセラーとして硬式野球チームに帯同
2002年　鹿児島大学大学院人文社会科学研究科独立専攻（臨床心理学専攻）教授
2007年　鹿児島大学大学院臨床心理学研究科（専門職大学院）教授・初代研究科長
2013年　博士（心理学）学位取得・九州大学

主な著書
『ストレスマネジメントと臨床心理学―心的構えと体験に基づくアプローチ』（2013）金剛出版
『本番によわいわん太　絵本で学ぶストレスマネジメント②』（2013）遠見書房
『学校におけるストレスマネジメント教育』DVD監修（2012）南日本放送
『こころを育むストレスマネジメント技法』DVD監修（2012）南日本放送
『動作とイメージによるストレスマネジメント教育　基礎編―こどもの生きる力と教師の自信回復のために』（2000）北大路書房
『動作とイメージによるストレスマネジメント教育　発展編―心の教育とスクールカウンセリングの充実のために』（1999）北大路書房

ほか

ある臨床心理学者の
自己治癒的がん体験記
―余命一年の宣告から六年を経過して―

2016年5月10日　印刷
2016年5月20日　発行

著　者――山中　寛
発行者――立石正信

発行所――株式会社金剛出版
〒112-0005　東京都文京区水道1-5-16
電話03-3815-6661　振替00120-6-34848

装　丁――臼井新太郎
装　画――サカモトセイジ

印刷所――シナノ印刷

ISBN978-4-7724-1490-6 C3011　Printed in Japan© 2016

ストレスマネジメントと臨床心理学

心的構えと体験に基づくアプローチ

山中　寛著

A5判　260頁　定価3,600円＋税

ISBN978-4-7724-1335-0

本書の目的は，ストレスケアと予防という視点から主体的な自己活動に基づくストレスマネジメントの基本原理と臨床心理学的方法について検討し，その効果を明らかにすることである。

ひとの心理的活動は緊張(感)・心的構え・動作・イメージから成っており，その基底には緊張(感)がある。著者は，長年にわたる基礎研究の成果とスクールカウンセリングやアスリートに対するスポーツカウンセリングの実績から，リラクセーションや臨床動作法を応用したストレスマネジメントの実際と，その効果をわかりやすく解説している。

児童・生徒の不登校やいじめ問題，中高年のうつや自殺，高齢者の孤独死や虐待，がん体験などストレスマネジメントのニーズは今後も広がっていくと推測される。本書には，被災地の人々にも適用可能な漸進性弛緩法やペア・リラクセーションの技法，子どものためのストレスマネジメント教育モデル，学校で実施する場合の留意点，などさまざまな臨床現場で役立つ多くの知見が網羅されている。

◉主な目次

山上敏子の行動療法講義 with東大・下山研究室

著――山上敏子　下山晴彦

行動療法の大家・山上敏子が、「方法としての行動療法」の理念と実践方法について、事例を援用しつつ臨床の楽しさとともに語る。

●A5判並製　●284頁　●定価2800円［+税］

子どもと若者のための
認知行動療法ワークブック
上手に考え、気分はスッキリ

著――ポール・スタラード　監訳――下山晴彦

子どもや若者が絵や文字を書き込むことで、自分の気持ち、認知、行動をつかみ、感情や行動をコントロールする練習ができるように工夫されたワークブック。

●B5判並製　●212頁　●定価2600円［+税］

ヒルガードの心理学 第16版

著――スーザン・ノーレン・ホークセマ ほか　監訳――内田一成

前版より新たな執筆陣を加え、世界各国の心理学の注目すべき動向が盛り込まれた。さらに、学習を助けるため、各章のはじめに、「学習目標」が提示される。

●B5判上製　●1140頁　●定価22000円［+税］

心理職のための
エビデンス・ベイスト・プラクティス入門
エビデンスを「まなぶ」「つくる」「つかう」

著――原田隆之

「そのセラピーが効く理由」をクライエント＝患者に説明しながら心理臨床を実践するための、エビデンス活用ポケットガイド。

●四六判並製　●280頁　●定価3200円［+税］

スキーマ療法実践ガイド
スキーマモード・アプローチ入門

著――アーノウド・アーンツ ほか　監訳――伊藤絵美

境界性パーソナリティ障害など対人関係に課題を抱えたクライエント対象とする「スキーマ療法」プラクティカルガイド。

●A5判上製　●360頁　●定価4400円［+税］

新訂増補 子どもと大人の心の架け橋
心理療法の原則と過程

◆著──村瀬嘉代子

心理面接の構造と実践技法をわかりやすく論じた旧版に、著者の「最終講義」を併せて収録。かくして本書こそ、村瀬嘉代子の臨床の真髄である。

●四六判上製　●300頁　●定価2800円[+税]
ISBN978-4-7724-1087-8 C3011

新訂増補 思春期の心の臨床
面接の基本とすすめ方

◆著──青木省三

好評の前書を大幅に加筆・修正。解離性障害、自己破壊的行為、発達障害、薬物療法論を加えた、思春期精神科臨床の決定版である。

●A5判上製　●270頁　●定価3800円[+税]
ISBN978-4-7724-1229-2 C3011

心理療法と生活事象
クライエントを支えるということ

◆著──村瀬嘉代子

クライエントのためにという視点を優先し、百花繚乱の心理療法において屹立する、著者の統合的アプローチへ到る思索と実践の軌跡。

●A5判上製　●220頁　●定価3200円[+税]
ISBN978-4-7724-1047-2 C3011

心理臨床という営み
生きるということと病むということ

◆著──村瀬嘉代子 他　◆編──滝川一廣　青木省三

村瀬嘉代子という臨床家を読み解くための、また、村瀬流儀の心理臨床の在り方を多方面から浮き彫りにしようと試みた、またとない解説書。

●A5判上製　●280頁　●定価3600円[+税]
ISBN978-4-7724-0914-9 C3011

統合的心理療法の考え方
心理療法の基礎となるもの

◆著──村瀬嘉代子

臨床実践の積み重ねにより帰納的に構築された自身の臨床研究の流れを俯瞰し総括して、「統合的心理療法」の特質と基本的考え方を示す。

●A5判並製　●226頁　●定価4200円[+税]
ISBN978-4-7724-9013-9 C3011

ナラティヴ実践地図

◆著──マイケル・ホワイト　◆訳──小森康永　奥野 光

胸おどらされる面接記録と、文化人類学や現代哲学をもとにくりひろげられる臨床思索。応用脱構築実践家、マイケル・ホワイト最後にして最高の著作。

●A5判上製　●264頁　●定価3800円[+税]

ISBN978-4-7724-1095-3 C3011

ナラティヴ・プラクティス
会話を続けよう

◆著──マイケル・ホワイト　◆訳──小森康永　奥野 光

盟友デイヴィッド・デンボロウによって編まれた、ナラティヴ・セラピーの創始者マイケル・ホワイトの一一篇からなる遺稿集。

●A5判上製　●208頁　●定価3800円[+税]

ISBN978-4-7724-1275-9 C3011

家族療法テキストブック

◆編──日本家族研究・家族療法学会

家族療法が日本に本格導入さて以来三〇年の理論と実践を集大成した、本邦の家族療法家たちによる初の家族療法の教科書。

●B5判上製　●368頁　●定価5600円[+税]

ISBN978-4-7724-1317-6 C3011

家族相互作用
ドン・D・ジャクソン臨床選集

◆著──ドン・D・ジャクソン　◆編──ウェンデル・A・レイ
◆訳──小森康永　山田 勝

グレゴリー・ベイトソンとともにダブルバインド理論の礎を築いた天才家族療法家ドン・ジャクソンの理論と実践を本邦初訳。

●四六判上製　●376頁　●定価5400円[+税]

ISBN978-4-7724-1413-5 C3011

解決が問題である
MRIブリーフセラピー・センターセレクション

◆編──リチャード・フィッシュ他　◆監訳──小森康永

セラピーに革命をもたらしたその非規範的な実践に、臨床人類学者ジョン・ウィークランドの文献を中心にせまるMRIベストセレクション。

●四六判上製　●352頁　●定価4800円[+税]

ISBN978-4-7724-1226-1 C3011

認知行動療法に基づいた
気分改善ツールキット
気分の落ちこみをうつ病にしないための有効な戦略

◆著――D・A・クラーク
◆監訳――高橋祥友 ◆訳――高橋 晶 今村芳博 鈴木吏良

〝抑うつ〟を減らし、幸福感や喜びといった肯定的な感情を改善させるための〈80〉の戦略を本書は提示する。

●B5判並製 ●264頁 ●本体3600円［＋税］

災害精神医学入門
災害に学び、明日に備える

◆編――高橋 晶 高橋祥友

大規模災害時に、心の健康をいかに守るか？ 被災者と支援者のメンタルヘルスを、災害精神医学というこれから発展する分野から解説。

●A5判並製 ●200頁 ●本体3000円［＋税］

自殺の危険［第3版］
臨床的評価と危機介入

◆著――高橋祥友

自殺の危険を評価するための正確な知識と自殺企図患者への面接技術の要諦を多くの症例を交えて解説した画期的な大著。改訂第3版。

●A5判上製 ●430頁 ●本体5800円［＋税］

ストレス軽減ワークブック
認知行動療法理論に基づくストレス緩和自習書
プレッシャーを和らげ、関わりを改善し、葛藤を最小限にする単純な戦略

◆著――J・S・アブラモウィッツ
◆監訳――高橋祥友
◆訳――高橋 晶 山下吏良 清水邦夫 山本泰輔 ほか

CBTやSST、アサーション、リラクセーション、マインドフルネス瞑想の技法を活用した、最強の〝ストレスマネジメントプログラム〟。

●B5判並製 ●330頁 ●本体3600円［＋税］